Ni méchant ni gentil

Sommaire

Un combat de deux ténors, sur le terrain de ma conscience me hante jour et nuit. Je suis resté plus d'un mois devant cette page blanche, avant de me décider de la noircir malgré les cris et les coups d'une force inouïe que donnaient ma raison à ce sentiment immortel qu'es la volonté. Ma raison, voulant protéger mon intégrité, refuse catégoriquement de s'avancé vers mon pire cauchemar, et ce consciemment, ayant la certitude que celui-ci allé me faire énormément de mal. Pourtant, je suis guidé d'une volonté farouche de divulguer, de renseigné les lecteurs de mon vécu, des pentes qu'ont arpenté mon âme.

Mon pire cauchemar est la remémoration d'un passé très malchanceux, vécus par la contrainte totale, avec une insouciance assurée. Ma raison se débat, usant même d'armes de mon subconscient pour m'éviter de marché doucement vers cet enfer, mais ma volonté est infinie. Ces coups, de stress, vont ne se limite pas qu'au monde psychologique, il atteigne même le monde physiologique, des réactions tel des tremblements, des bouffées de chaleurs, de sursauts, relatif à la remémoration de faits et scènes m'habitent, au moment où mes doigts s'articulent à noircir le blanc avec le noir de mes pensées.

Mais j'ai décidé de sauté le pas, au risque de replongé dans un bouleversement qui perturbera mon équilibre psychique acquis de par de nombreux efforts, à travers un temps qui me parait indéfiniment long, non pas à cause des tours d'horloge, mais à cause de l'épreuve enduré.

Je sais que la fatigue reviendra au gallot, puis les cauchemars dus à la revisite des scènes, puis la dépression en me rappelant de la tristesse émanant des épreuves. J'espère que je me relèverai, que j'aurai la force que j'ai eu lors de mes 12 ans à l'orée de mes 30 ans pour terrasser à nouveau cet ennemi redoutable qui vit dans ma mémoire.

C'est une torture, ou plus une automutilation pour ma raison, un défi que je me pose pour ma volonté. Je me défis dans ma jeune vie d'adulte, me relevé après vous avoir dévoilé le chemin tortueux que c'est amusé de me dessiner ma destinée.

Chapitre 1 : Bras de fer au cœur de l'enfer

La bataille est d'une intensité et d'une cadence folle, Ismael, notre voisin depuis toujours, donné des coups de poings, de coude de tête dans une rixe insoutenable, face à une adversaire de 15 ans son ainée, au corps flasque et engraissait, le regard porcin et les intentions loin d'être louable. Ses cheveux lui parant la vue, Ismael se servit de son sang coulant le long de sa mange de t shirt pour les plaqués contre sa joue droite. Notre ravisseuse faisait le tour, avec Ismael, dans une danse de combat circulaire, tous les deux soufflant comme des bœufs. Ismael cria en courant et se jeta une nouvelle fois sur elle, l'assénant de coups aussi violents qu'il le pouvait à ce moment précis, au sein et un au visage qui ne la font même pas sourcillait. Elle ricana et le prit par le bras droit et le fracassa au sol, son pied droit prit l'onde de force du mouvement formant un angle inquiétant depuis sa cheville après sa chute. Ismael se contentât de grogner et se relevé à genou. Ma sœur criait derrière les barreaux de là ou on était enfermé, ces égouts aux murs de briques froid et à l'odeur nauséabonde.

- Tient toi tranquille, Ozge. S'il te plait, je t'en supplie reste tranquille. Ismael hoquetât repris son souffle puis fit signe de la main à son adversaire de venir.
- Ouvre cette cage, tu n'as aucune dignité de battre des enfants ainsi, ouvre et laisse-moi te montré que tu ne vaux rien.
- Ozge ça suffit ! cria ismael, d'une voix suraigüe. Il était épuisé et sa voix témoignée de l'état de fatigue dont on se trouvé tous.
- Ozge dis-je d'une voix qui me surpris moi-même, ismael y arrivera, on va l'étriper ne t'inquiète pas.

Ma sœur se retourna pour me voir, comme si elle venait de remarquer ma présence. J'étais assis, attendant le feu vert d'ismael pour déclencher ce qu'il m'a dit. Le lourd câble électrique crépitait derrière moi, ma main droite tremblant légèrement derrière mon dos, tenant le câble le plus grand et le plus nerveux.

Ismael chargeât de nouveau mais c'était devenu insensé il boitait et s'étalât 3 secondes plus tard, à cause du coude de son adversaire. Ma sœur se mit a hurlé, hystérique, des injures les uns aussi sales que les autres, essayant d'attirer l'attention de notre ravisseuse.

Une de ses paroles toucha notre ravisseuse en plein élan. Elle s'arrêta et se retourna pour regarder ma sœur, son regard était devenu noir, alors qu'il a toujours était dominateur et rieur, d'une supériorité affirmée. Elle la fixait avec ses yeux porcins, un voile de méchanceté couvrant tous son visage. Ma sœur sachant qu'elle a touché une corde sensible, redoubla d'insultes dans ce domaine.

- Et oui, il y a que les demeurés pour faire de pareilles choses. Les grosses idiotes qui n'ont rien dans la tête, a part faire du mal aux autres. Elle a était abandonné à cause de ta débilité alors tu fais mal aux gens qui seront ne serait-ce normal, qui savent compter jusqu'à dix par exemple. Ah tu ne comprends pas ma phrase, c'est vrai qu'il faut plus de 2 neurones pour savoir que le sens c'est que c'est toi qui ne sais pas compter jusqu'à dix. Es ce que tu sais parler même je …
- Tais-toi dit-elle d'une voix glaciale et aigu. Je suis 100 fois plus intelligente que toi, je vous ai kidnappé seule donc je suis plus intelligente que vous trois réunis

Elle était maintenant près des barreaux, s'étant avançait des 4 êtres qui nous séparé elle regarder ma sœur d'un regard revanchard, voulant lui prouver le contraire de ces dires. Ismael se redressa tant bien que mal, et couru se jeté sur elle, l'étranglant de derrière. Elle se retourna et l'écrasa contre les barreaux, a plusieurs reprises. On entendit un bruit sourd lors de sa troisième embarquée vers les barreaux, ismael chuta lourdement, lâchant sa prise et se tint les cotes droites. L'une d'elle avait surement cédé. Elle reprit son souffle, et sortit un trousseau de clef de la poche devant de son tablier, quasiment gris de saleté. Les clefs étaient recouvertes d'un plastique noir qui pourrai jouait le rôle d'isolant si j'électrifiais les barreaux. De toute façon, ma sœur s'y était agrippé les secouants de toutes ses forces, alors qu'elle essayé clef après clef, pour trouver la bonne, avec une patience effrayante.

- Ozge lâche les barreaux s'il te plait dit ismael entre deux souffles. Ezrel, soit prêt dit-il, puis il s'affaissa comme une masse, son épaule contre les barreaux métalliques de notre prison, à mon grand désarroi.
- De quoi il parle dit aussitôt notre ravisseuse. Elle me scruta avec intérêt je faisais tout pour qu'elle ne remarque pas que l'on avait dévissé une partie de l'installation électrique, et que c'est cela qui avait étains les lumières dans une partie de la pièce.

Ma sœur attrapa une de ses manches et tira comme une folle dessus comme une folle, le déchirant jusqu'au cou et dévoilant ainsi une partie de sa poitrine. Elle détourna aussitôt le regard de moi et contraint ma sœur, avec sa force sur humaines de laissait le bout de tissus qu'elle avait entre les mains, en serrant son poigné jusqu'à la faire céder. Elle tenta la 7ém clef et celle-ci ouvrit la porte après un déclic résonnant de la serrure, et un grincement des charnières. Ma sœur lui sauta à la gorge avec une férocité extraordinaire. Notre ravisseuse la bâta avec force, alors qu'elle avait s's jambes autour de sa taille, son bras gauche en clef autour de son cou, son bras droit tapant, griffant a tout vas, sa bouche mordant les oreilles et même les cheveux de notre ravisseuse. Elle mordait à pleine dents sur sa cuire chevelure, sur ses cheveux ses oreilles et tirait de toute ses forces, ce qui faisait chanceler notre ennemie, la faisait hurlé de douleur et laissé couler du sang partout sur son visage, allant même jusqu'à l'aveuglé. Après le traitement qu'elle nous avait réservé ses derniers deux semaines, je ne savais pas qu'il resté cette force en ma sœur, elle non plus ne le savait pas. Notre ravisseuse la tapait à tout vas, ma sœur ne réagit point, et se battait avec une férocité incomparable. Mais elle perdait en vitesse, ralentissant devenant fatigué, et ressentant aussi la force des coups reçus. Je tentai, en vain de déplacé le corps d'ismael, inerte, mais je n'avais pas la force pour. Je pris alors une décision radicale, d'électrocuté cette femme, même si cela devrait touchai ismael, il me dirait de faire ça s'il était conscient. J'entendis un bruit de chute derrière moi, ma sœur formé une masse, au pied de cette monstre. Elle saigné abondamment au cou. Elle se redressa et attaqua de nouveau cette femme, pour l'empêcher d'attraper les câbles électriques, dont elle avait désormais compris le but. Je courus alors pris les deux, et sentit la puissance meurtrière de ce que j'avais entre les mains, elle réussit à faire chuter ma sœur de nouveau, prit sa tête et le cogna contre le sol. J'essayais de la touché avec les câbles, mais ils étaient toujours trop éloignés. Elle se dirigeât vers moi, après avoir donné des coups de bottes au dos de ma sœur. Elle s'avançât et je tendis les câbles, mes mains tremblèrent légèrement. Elle rit bruyamment ramassa le plat en métal ou elle nous mettait a mangé et me le jeta au visage tel un frisbee, avec son contenue, une patte visqueuse qu'elle nous donné chaque soir. Le plat atteint directement ma omette gauche et l'éclatât à cause de la violence de son lancer. Pourtant je ne souciais point. Je resté concentré sur mon objectif. Elle me regardât avec incrédulité et sourit largement.

- J'aime c que je vois dis-t-elle avec une voix tout aussi glaciale et sifflante. J'ai toujours aimé la force, être aussi jeune et avoir autant de force dans le regard, je dois avouer que je suis jalouse. Tu m'impressionne malgré ton âge. Donne-moi ces câbles et je ne te tuerai pas, sinon, je siffle la fin de la récréation avec ceci.

Elle sortit de son tablier un canif dont la lame était recourbée sur la manche et la déploya. Elle me regardât avec mépris, et fit comme si elle va me le jeté au ventre. Je n'esquisse aucun mouvement. Je n'allais pas la laisser jouer avec moi, il n'en était pas question. Elle était focalisée sur moi, et était devant moi, dans la cage, ses yeux me dévorant avec intensité. Soudain ma la bousculât vers moi, d'un dernier effort alors qu'elle était toujours au sol. Alors elle glissa sur la pâte, qui avait recouverts le sol lors de son jet et je me jetai vers elle avec les câbles. Il y'eut une détonation électrique et son corps commença à convulser. Le son de l'électricité, ce grésillement si caractéristique était cette fois très audible. Son corps arrêta de bouger, une odeur de viande grillé commençât à s'y élever, et je su que je venais de prendre l'âme d'une personne. Je retire les câbles les posant soigneusement contre la paroi du mur, là où il était encore sec. Je restais la, a regardait le corps inerte de la victime, dégageant une odeur répugnante, de la valeur s'y dégageant à cause du froid ambiant. Je me retourne et vit les deux corps de ma sœur et d'ismael, gisant au sol. Je sortis tout d'abord le trousseau de clef de la serrure et arpenta le bâtiment a la recherche d'une sortie. Au bout de 5 minutes, je trouvais la sortit de ce qui semblait être un ancien centre de traitement des eaux usées. Je redescendis pris ma sœur par l'aisselle et la transportât au bout d'un effort surhumain jusqu'à l'extérieur de la bâtisse. Je la sentais respiré. Je descendis et fit de même avec ismael. Puis je les amenais, à tour de rôle, à dix mètres d'intervalle environ, sous un froid glacial de cette mi-novembre et surtout à une heure aussi tardive. Je vis tout autour de la propriété des amas qui me donnèrent la terrifiante impression d'être des tombes. Mes extrémités gelées sous les vents glaciales qui nous secoués. Mon petit doigt refusa de bouger et les extrémités de mais doigts cédèrent les unes après les autres, après plus de 2 heures d'effort, mon t shirt et mon jeans m'étant d'aucune utilité. Epuisé, je pensé à arrêter en allant reprendre ismael, laissé à dix mètres de là. Mais pieds nue étaient écorchés de toutes les façons possibles sur ce relief rocailleux montagneux. Ismael gémissait de temps en temps, j'espéré qu'il se réveil mais niet. Mes pieds se dérobé parfois sous mon poids et me faisait tomber. Je n'avais plus aucune force, j'avais des vertiges, mais il ne fallait pas que je m'évanouisse. Je vis alors des herbes qui avaient poussé contre une grosse pierre, je les désherbasse, en tirant sur ces malheureuses feuilles une dizaine de fois avant de réussir de les arrachés, et les engloutirent en un moment. Puis je sentis un regard à ma droite, je me retourne et vit un homme, accroupit entrain de pissé, une cigarette a la bouche, les yeux rivés sur moi. Il fermât sa braquette et se leva, il avait un pull en laine, de grosse bote et avait une barbe fournit. Il se rapprocha de moi, j'étais méfiant, c'est la première personne que je voyais, autres que le scientifique, sa fille ma sœur et ismael depuis notre détournement.

-   Qu'est-ce que tu fais ici fils ?

- J'ai été enlevé, moi ma sœur et notre voisin, on s'est échappé et ils sont inconscient. Je les porte à travers ce territoire vague à la recherche d'aide.
- Ou sont ta sœur et votre voisin ?
- Ma sœur est là-bas dis-je en pointant du doigt l'amas qu'elle formé. Notre voisin est à 10 mètres de là.
- Reste prés de ton voisin, je porte ta sœur à ma maison avant de revenir vous prendre tous les deux.
- Je ne quitterai pas ma sœur ! amène notre voisin et revient nous prendre.
- D'accord dit-il avec résignation. Il appela la police, leur donnât son adresse et partit en courant. Il était très fort et, au bout d'une trentaine de seconde revint avec ismael sur son épaule.
- Je reviens dans à peu près 15 minutes, ma maison est un peu loin.
  Il ôta son pull et me le donna.
  Habille ta sœur avec. Il fait froid. Il resta en t shirt et se remis à courir après avoir mis ismael sur son épaule.

On resta alors seul, dans cet espace muni de la torche que nous laissa cet homme sur qui tous nos espoirs de survit reposer. On resta avec ce silence assourdissant de maux, de pensés de doutes et de si. Je portais ma sœur et tenté d'avancé, mais je n'avais plus de force. Donc je me dandinais doucement avec elle, allumant la torche et le pointant en au ciel, créant ainsi un faisceau. Je suivais les traces de pas de l'homme qui avait portait ismael et au bout d'une dizaine de minute qui me semblèrent interminables, je le vis au loin, muni d'un autre pull, dédallant vers moi à toute vitesse. Il arrivât, couvert de sueur malgré le froid qu'il faisait. Il portât ma sœur et me demanda si je peux courir. Je répondis que Oui et on commença nos foulés. Il courrait très rapidement, trop rapidement, je m'évanouis après une trois à quatre minutes d'efforts, après avoir eu une nausée m'empêchant d'avertir mon sauveur.

Chapitre 2 : Réveille douloureux, d'un cauchemar a l'autre

Pourvu qu'il nous ai aidé, pourvus qu'il nous est aidé. C'est ce que je me répété avant d'ouvrir les yeux, étant couché sur un sol dur. Un homme avec une barbe fournit, et au visage ridé m'observait. Je bondis alors et il me prit le bras pour me rassurer. Il avait du coton imbibé d'alcool dans la main et me tendit une bouteille de jus.

- J'ai été infirmier militaire, j'essaye d'aider tes amis, en attendant la police et les ambulances. On entend leurs sirènes au loin avec l'écho, mais les routes sont sinistres, ils seront là dans une dizaine de minutes. Comment tu vas ? Il était accroupi devant ma sœur et s'afféré à côté de son cou
- Mal. Je n'ai pas de force, je vais me coucher dis-je avec un vertige persistant fondant ma vision.
- Reste éveiller, comment tu t'appel
- Ezrel al nacer dit je les yeux fermés, ma tête de nouveau sur le sol rocailleux. Tu as soigné mon œil ?
- Je l'ai juste collé. Il faudra le coudre…

Je me réveille à l'hôpital, le lieu est d'un blanc maculé. Mais oreille bourdonnent, mes yeux assez flous. Je me redresse tant bien que mal et vit, à mon chevet, aussi bien l'homme qui nous avait porté que l'infirmier qui nous avait secourus.

- Comment tu vas fiston ?
- Comment vas ma sœur, et ismael ??
- Ils sont tous les deux dans le bloc opératoire ; depuis près d'une heure. Ismael a des hémorragies multiples, c'est-à-dire il a du sang qui coule hors de ses vaisseaux et autres vascularités, son pouls s'accélère pour compenser le manque de pression intraveineuse ; ce qui est bien sur un cercle vicieux, haussant le débit d'écoulement du sang.
- Tu as quel âge petit ? me dit l'infirmier, en me dévisageant avec une expression de surprise dans son regard
- Assez pour être intéressé par tout. Et ma sœur ?
- Sa vie n'est pas en danger. Mais elle est opérée de la colonne vertébrale.
- A quel niveau ?

- L4. Elle souffre d'une compression je pense, mais cela pourrai être plus grave.
- J'ai une faveur à vous demander. Vous avez averti ma mère ?
- Oui elle est en route. On a dit au policier de lui expliquer ce qui c'était passé qu'une fois ici. Elle pense que vous étiez perdu.
- D'accord, ne faudra rien lui dire des atrocités que l'on a vécus là-bas.
- C'est ta mère dit notre sauveur, elle est dans l'obligation de savoir tous les..
- Elle a un problème cardiaque. Une paroi de sa ventricule gauche est trop fine, elle ne supporte que très peu mon renvoi de l'école, imaginé ça. Ma sœur a son réveille lui dira, elle a plus de tact que n'importe qui.
- Dès qu'elle te verra elle comprendra que quelque chose ne va pas.
- Elle n'est pas devin. Elle est hyper intelligente mais ne saura pas exactement ce qui s'est passé.
- Je ne te connaissais pas avant cette nuit, mais je suis sûre que tu n'étais pas aussi
- Aussi quoi dis-je avec calme
- Aussi mal au point. Tu t'es vu ?

Je me mis a observé mes mains. Ils étaient couverts d'écorchures, de coupures. Mes doigts étaient devenus longilignes et ridés, comme s'il avait été exposé pendant des heures de soleil, sans que ma peau ne change de couleur. J'étais sévèrement déshydraté, je manqué de force et en deux semaine, j'avais perdue toute ma masse corporelle. Je sentis mes cotes sous mes doigts. J'essaye alors de toucher mon visage, je sentis les os de ma mâchoire, mon arcade sourcilier doigts était comme dénudé ; de peau, de muscle de tendon. Mes lèvres sont gercées la peau se soulevant en vagues. L'infirmier sortit son téléphone de sa poche, alluma le mode portrait de son appareil photo et me le tendit. En enlevant le drap de mon bras droit, la gauche étant parsemée de perfusions, je vis mon coude, aussi mince que squelettique. Je pris le téléphone et vis un inconnu me dévisagé, me toisé avec interrogation, mais avec quelque chose de changé sur le visage. Ce n'était pas seulement la blessure couverte de pansement, mais mon regard était différend. Il était d'un bleu nautique, qui change avec la météo, mais avait quelque chose de mauvais, de rageur dans ses profondeurs.

Je me surpris moi-même, je ne savais pas que j'avais une telle expression, je ne l'ai jamais eu. J'avais le visage ferme sans même m'en rendre compte. J'ai toujours eu le visage ouvert, ce qui me valait des contacts privilégiés avec tout le monde, mais là j'étais comme inversé. Je n'étais pas métamorphosé, changé, juste inversé. C'est une part de moi qui étais dans mes gènes, mais bien caché. Mes yeux étaient rouges, par des vaisseaux qui ont éclatés, mais mon regard me faisait peur.

- Ta maman verra tout en une fraction de seconde, je te propose de lui dire une partie de la vérité et de la calmé jusqu'à ce que ta sœur se réveil.
- Je verrai sur le moment. Elle ne devrait plus tarder. Merci dis-je en tendant le téléphone à son propriétaire.

Je me tu, réalisant tout à coup que la fatigue, la faim et la rage que je ressentais était infini. Je serré mon poing doigt comme si j'avais un combat de boxe pour bientôt, un geste inconscient qui témoigne de ma situation psychologique.

Soudain on toqua à la porte et trois hommes entrèrent. Deux d'entre eux avais un uniforme de policier, le troisième, de type caucasien, était habiller en costume cravate.

- Bonjour, c'est la police, nous avons eu l'approbation de son médecin traitant et nous venons discuter avec la victime des faits.

Les hommes qui nous ont secourus se levèrent et l'infirmier brossa la tête avec sa main, pour arranger mais mèches blondes derrière mon oreille, deux tapes clôturant cette séance improvisée de coiffure, pour me donner du courage et sorti.

- Mr al nacer, dis l'inspecteur en vérifiant que son adjoint commencé à griffonner sur un agenda après avoir allumé le magnétoscope numérique, on vous écoute. Que s'est-il passé depuis la matinée du jour de vos disparitions jusqu'à votre arrivé sur le seuil de l'hôpital.
- Je vais essayer dis-je avec une voix assez roque.
  Ma mère était malade, du coup on n'était pas allé à l'école ce jour-là, avec ma sœur. On prenait soin d'elle, elle allait mieux et en début d'après-midi, ma sœur devait aller emprunter un tamis à notre voisine, pour un plat que l'on devait cuisiner à ma mère, pour son diner. Comme il pleuvait très fort, et que notre voisine habite à 40 mètres de chez nous, maman m'a demandé d'accompagner ma sœur. Ma sœur ne voulait pas, elle voulait que je surveille ma mère, mais ma mère m'ordonnât d'y aller.
  Il faisait froid et venté beaucoup. Le vent était plus dérangeant que la pluie, et comme on habite en flanc de montagne, les bourrasques nous faisaient vaciller. On ne s'était rendu compte d'aucune anomalie, le vent projetant de l'eau à nos visages qui nous aveuglé. On vit une voiture du territoire désolé,

une jeep sur l'allée en face. Je n'arrivé a distingué aucune numérotation sur la plaque, la lumière des phares nous éblouissaient. Je vis tout de même un homme dedans, à travers le mouvement des essuie-glaces je vis clairement le Dr Younouss TAVIKER le chimiste.

- Vous en êtes sur ?
- Certains dis-je avec une voix différend de la mienne, elle était animale. La rage transpirée sous chaque lettre de cette réponse. Je suis son travail, il est spécialiste de l'isolation moléculaire et des effets insoupçonné d'éléments chimique sur l'organisme.

Bref, on entra dans le courret et on se précipita pour taper à la porte, pour ne pas être trop trempé. Au bout d'une dizaine de secondes, ismael vint à la porte demanda qui c'étais. On lui dit que c'était nous et aussitôt il nous imposa de nous en aller, sa voix étais suppliante.

Ma sœur insistât et vit quelque chose à travers le carrelage de la porte, les carreaux en verre sont à sa taille. Elle se retourna et me dit-

- Va sous le porche du voisin d'en face, j'arrive. Son regard était grave, je m'exécutasse alors, a mis chemin, j'entendis un bruit sourd, lorsque ma sœur entra dans la maison. Je me précipitais dans la maison et vit cette personne, tenant notre voisin par le cou, ma sœur était-elle allongé inerte sur le sol. Je me jetais aussitôt contre son ventre la tête la première on tomba près de l'escalier de la maison. Notre voisin pris la fourchette qui était au sol, elle était imbibée de sang. Je me rendis compte que cette femme saignée, au niveau du bras. Mais avant qu'il fasse quoi que ce soit, il fut victime d'une électrocution, due à un taser que tenais le docteur TAVIKER. Il me regardât avec dédain, pris une arme de sa poche et fit signe a sa fille de ramassé les corps de ma sœur et de notre voisin. Il vint en face de moi, et avec le cross de l'arme me donnât un violent coup à la tempe. Je me suis réveillé que le lendemain, sur un lit menotté, dans un endroit froid éclairé par des lampes industrielles, ma sœur à côté de moi, notre voisin en face de moi, une sonde dans moi, une perfusion au bras. Ceci dura plus de 2 semaines.
- Comment avais-vous fait pour rejoindre la ville d'incirlik ?
- Quelle ville vous dites ?
- Incirlik dans le district de Sarıçam ?
- On était dans une sorte de base abandonné. Il y avait une piste à perte de vue depuis la fenêtre de la salle ou nous étions séquestrés.
- Quand vous parlé de base, vous pensez à quoi ?
- Une base militaire dis-je. Surement sous occupation américaine dans le passé.

- Comment savez-vous tous cela, vous êtes jeune et je ne sais pas comment vous pouvez reconnaitre une base militaire, et savoir qu'il avait était occupé par des Américains.
- Les mentions sont en anglais.
- Et il n'y a que les Etats unis qui parlent anglais dit-il d'un air condescendant.
- Il y eu une ancienne base américaine dans cette zone, je l'ai une fois lu sur le net, d'après la localisation géographique que vous avez faite. En plus j'ai une preuve.
- Laquelle dis le policier en s'approchant comme s'il ne voulait pas que son collaborateur n'entende pas ce que j'allais dire.
- Le code des niveaux de sécurité sur la porte, il allait jusqu'au niveau delta. C'est une limitation créée par le pentagone, spécifique aux bases américaines, regardé sur le net si vous voulait.
- Mais comment diable savait vous tout cela ?
- J'ai une bonne mémoire. Bref on est le docteur TAVIKER ?
- Il est dans nos locaux. Continuer que s'est-il passé après ?
- Il a découvert que j'avais une bonne mémoire, il m'a isolé après 10 jours de tests et d'injections, il arrêta de nous injecter des choses et se contentât de nous observer.
  Puis la dernière semaine de détention, ils nous amenèrent dans une cellule tous les trois et cette femme venait faisant des choses sordides devant nous.
- Qui l'a tué ?
- C'est moi. On s'est battue avec elle et…
  Ma mère entrât dans la salle, les yeux humides. Elle me regardât, me dévisageât, avant que l'assistant du commissaire ne la prît de sortir.

Je finis donc mon récit, signât ma déposition et le commissaire sortit, ma mère entrât aussitôt. Ma mère s'avança avec un pas assuré puis, une fois devant moi elle s'immobilisa. Elle me regarda avec une douceur infinie, je sentis mon cœur s'alourdir d'un trait, des larmes coulèrent le long de mes joues. Elle se penchât vers moi, son parfum de cannelle me baignât les narines. Ses longs cheveux, d'un noir ardant me caressèrent le visage, alors que je fermais mes yeux. Ses longs doigts longilignes me massèrent les cheveux, alors que ses lèvres, fines, m'embrassèrent le front. Je sentis sa respiration de son nez proéminant, qui lui donné une allure princière moyenâgeux. Je m'attendais à ce qu'elle me demande ce qui s'était passé, mais elle se contentât de s'assoir près de moi, sur le lit d'hôpital, et à me prendre dans ses bras. Je me décide alors a brisé le silence.

- On a été enlever par un père et sa fille. Ils nous ont fait des injections et des tests, puis on s'est échappé après s'être battue avec la fille, alors que son père était absent. Ozge te dira

- Ozge me dira rien dit-elle d'une voix douce. Un traumatisme ne se résorbera jamais si on y touille tous les jours un couteau. Je serais la, à vous tendre mon oreille, quand vous le voudrez je vous tendrai mon oreille. Quand vous le voudriez, je vous prêterais mon cerveau, mes conseils. Mon cœur sera toujours avec vous, essuiera vos larmes et vos peines, tant que vous le souhaiterai, il se tachera certes en le faisant, mais le temps le lessivera petit à petit pour réduire la tâche.

  Je n'ai pas le droit de vous demander quoi que ce soit, quand on épaule quelqu'un, on porte avec lui son poids, le déchargeant de la charge que l'on prend du coup. Je vais vous aider a porté douleur, du mieux que je peux, si je veux savoir les détails, le rapport sera là.

J'entendais sa voix résonnée de par sa cage thoracique et me parvenir directement à la mienne, alors que, de par son geste maternel, les nôtres étaient collés en ce moment. Je sombrais dans un sommeil quasi immédiat, dans ses bras. Je me retrouvais devant une clairière, féerique, une jeune fille habillée en robe paysanne, de longs cheveux roux arrivant jusqu'à sa taille me faisaient dos. Sa robe volée au vent, en même temps que ses cheveux, lorsqu'une bourrasque se levé de temps en temps. Je resté là, silencieux, puis je m'avançais doucement, tout en faisant un peu de bruit pour qu'elle remarque ma présence pour ne pas avoir peur en se rendant compte de ma présence d'un coup. Arrivé à côté d'elle, je vis alors, de par la hauteur du relief, qu'elle observé un étang au loin, ou une maman cane donné les bains à ses petits cannetons.

La fille avait des taches de rousseurs sous les yeux, elle me regardât du coin de l'œil puis continua de regarder le paysage. Elle s'assit sur l'herbe et je l'imitât. Puis elle se tourna vers moi ses yeux verts me fixèrent, d'un air sévère.

- Comment tu vas ? sa voix était autoritaire mais chaleureuse.
- Je ne sais pas. J'ai... je suis perdu.
- Je suis ce qui est à l'origine de ta perdition.
- Ah bon ? comment cela ?
- Tu ne te reconnais plus, je pense.
- Je suis différent. Mais malheureux, très malheureux dans ma différence. Qui es-tu ?

- Je suis ton innocence. Tu as très bon gout, c'est pour cela que je suis si belle. J'étais promise à une vie plus longue, à tes côtés, ta destinée en a décidé autrement. Normalement, je disparais progressivement, mais quelques malchanceux comme toi, sente mon départ tel un tapis qui se dérobe sous leurs pieds. Tous les meubles qui y reposent vibrent, certains tombent et parfois… ils se brisent.
- Je suis tout faible. Physiquement certes, mais surtout mentalement. Je n'ai plus aucunes certitudes, sur mes émotions, mes ressentiments. Je me sens vide, de toutes émotions. Je les récents mais ne les comprends plus. Je n'arrive pas à les décodé.
- Pourtant tu as pleuré devant ta maman.
- Elle ne me reconnaissait plus, et cela m'a fait mal. Bien sûr il n'y a que ce bon vieux mal qui reste éternellement.
- Et l'amour. L'amour maternel t'a fait ressentir quelque de chose de fort.
- Oui, cela m'a rassuré, j'ai senti cet amour, cela m'a rassuré et m'a permis de m'endormir. Sauf que l'amour peut aussi être l'instrument du mal. Le mal occupe maintenant une part importante de mon âme. Je le sens bouillonné tout le temps. Je n'ai jamais eu aucun mauvais ressentiment envers qui que ce soit. Là je le sens au tréfonds de mon âme. Je sais qu'il a élu domicile en moi. Il m'habite et m'habille désormais.
- Tu as vu ce que la terre renferme dans les tréfonds de son enfer, et qu'il cache la plupart du temps. La vue est un don divin, mais elle a comme définition sa franchise. Elle n'est point utopiste comme le rêve, ou optimiste comme le fantasme. Elle te montre la vérité et a la décence de te laisser analyser son rendu. Là où il y a de la beauté, il y'a de la mocheté, cette paire est interdépendante, s'étalonnant mutuellement. La vue a le don de te montrer la beauté, mais tu le maudiras de t'avoir montré la mocheté. Pourtant elle connait ces deux termes comme personnes, et se contente de les présenté à ton esprit, te laissant toujours la capacité d'interprétation. Certains disent même que la vue est aveugle, dans notre dimension. Ce qu'elle nous montre n'a pas de sens dans sa dimension, elle est dans l'absolue nous dans le partiel. Elle vit dans une dimension primaire, ou les informations ne sont que caractère, qui forme ensemble un assemblage dans lequel nous vivons. Nous observons les détails, elle l'ensemble. Elle voit l'utilité de chaque information dans la cohésion de l'ensemble, nous nous contentons donner un caractère a ses informations.
- Ou voulez-vous en venir, le mal et le bien son pareil pour elle ?

- Elle n'interprète pas les informations, donc oui, ils sont tous pareils à ses yeux. Tu dois savoir que les deux pourront t'aider a avancé, comme à reculer. Tes intentions et tes objectifs seront primordiaux dorénavant pour le restant de ta vie, comme tu fais mon deuil.
- Mais je ne veux pas te perdre.

Elle sourit pour la première fois, mais commencé à devenir irréel, de plus en plus translucide. Elle me prit la main et dit

- Moi aussi je ne veux pas te quitter. Mais je veux que tu te souviennes de moi, avec moi tu étais quelque de bien, tu as œuvré pour le bien. Avec moi tu avais une âme amoureuse, tu as tant aimé que j'en étais la plus fierté. Et tu le pourras de nouveau, un jour. Cette haine diminuera si tu te bats contre elle. Choisi toujours l'amour et tu pourras gouter au bonheur.
Quand tu as vu ta maman, tu t'es rendu compte de l'amour infini à laquelle tu lui porte, rattache-toi au mieux à cela. Tu es dans une mauvaise pente, et il faut que tu redouble de courage et d'effort pour en sortir.
- Mais je ne veux pas que tu partes dis-je encore et encore de plus en plus fort et je sentis une légère secousse sur mon bras droit, pour me réveiller.
- Tu fais un cauchemar me dit ma mère. Le médecin me regarder d'un œil soupçonneux. Je me redresse du mieux que je peux, sur le lit et pris une gorgée d'eau offerte par ma mère.
- Et ozge, elle n'est pas sortie du bloc ?
- Elle va bien. Elle est en salle de réveil mais elle va bien. Il y a juste un problème avec son dos.
- Quoi dis-je aussitôt.

Le médecin se rapprocha de moi et dis,

- Ta sœur a une paraplégie. Sa colonne vertébrale a été victime d'un choc, celui-ci se répercutant sur sa moelle épinière. Le transport du corps avant l'arrivée des brancardiers n'a pas aidé, elle devra y être informé à son réveil.
- Je lui dirais, c'est à cause de moi.
- Entre sauvé sa vie et perdre sa motricité elle ferait le même choix que vous. Et vous devais aussi être au courant de la situation d'ismael. Il a de multiple trauma, dont crânien, mais il devrait s'en remettre. Il lui restera des cicatrices. Tout fois il risque d'être dépendant de substances dont il a été cobaye.
- D'accord il est réveillé ?
- Oui.

- Docteur, informé le de sa situation. Dis ma mère. Il est mineur, je suis sa mère, je vous autorise dis elle avec un tremblement dans sa voix. Ses yeux marrons m'envahirent la rétine.
- Il ne m'a pas injecté des drogues, il disait que mon cerveau mérité de garder ses capacités. Mais il ne m'a pas dit je qu'il m'injecté. Je suppose que c'est une maladie.
- Oui dis le docteur d'une voix hésitante. Je suis sûr qu'il priait que je le devine pour lui enlever le poids de la nouvelle.
- Alors dis-je au bout de 5 secondes, je souffre de quoi.
- Il vous a injecté des métaux lourds ou éléments traces métalliques, surement radioactif, en perfusion si on voit l'état de vos reins. Vous ferait des séances de dialyse pour tenter de redémarré le gauche mais le droit marche même si c'est difficilement. La faible quantité de nourriture que vous ingériez a aidé a caché certains symptômes de la défaillance de vos reins. Mais étant compatible avec votre sœur et vu l'évolution du traitement, on a bon espoir en votre guérison.
- Ces métaux, ils ne vont pas m'occasionné une maladie sérieuse dans le long terme au moins ? dis-je en essayant de garder le contrôle.
- Tout porte à croire que si. Il y a de bonne chance qu'héritiez dans le futur d'une maladie due à ses perfusions. Il est encore tôt pour en être sûr a 100/100, mais on l'est a presque 80/100. L'IRM de votre admission ne montre toutefois rien d'anormal, mais comme je l'ai dit, il est beaucoup trop tôt pour que la maladie se manifeste.
- D'accord, mais qui prend en charge tous ses frais dis-je en me tournant vers le médecin.
- C'est l'état turque et l'administration américaine qui vous prendront en charges dis le médecin avec de l'étonnement dans le regard. Cette nouvelle ne vous touche pas plus que ça.
- Je m'inquiéterai quand il y aura de quoi.
- Il est possible que vous soyez épargné aussi...
- Pourquoi l'Etat américain et turque prenne en charge notre facture ?
- Je ne sais pas ! votre histoire a fait gros bruit, peut être que c'est à cause de cela.
- Il y a quelque chose qui ne me plait pas. Maman, tu as pris le bus ?
- J'ai été accompagné par des soldats, ils sont venus me prendre chez nous.
- Ils sont devant ma chambre, et devant celle de ma sœur et celle d'ismael ?
- Oui dis ma mère, pensive tout à coup. Tu penses à quoi ?

- C'est juste bizarre dis-je avec calme. Merci docteur.

  Il sortit et je dis à ma mère.

  Maman, il pense que j'ai connaissance de choses, qu'ils ne veulent pas que ça s'ébruite, et ils ont raison. Ils savent que c'est moi qui ai sorti ma sœur et ismael d'après ma déposition, mais j'ai caché quelque chose sur ce que j'ai vu et ils ne prendront aucun risque. Je vais leur servir une réponse acceptable et avec un peu de chance ils nous mettront sous résidence surveillé.

- D'accord, dis ma mère sans sourciller, je te fais confiance, essaye de faire de ton mieux.

- Soit naturel, oppose-toi à ma déposition comme si j'étais juste malade et fatigué et que tu ne voulais pas que l'on me dérange. Après laisse leur juste 5 minutes et je tenterai de les convaincre le plus rapidement possible.

- D'accord, c'est entendu dis ma mère.

On resta une minute, en silence, alors que cette minute sembla interminable, dans l'attente de la visite redouté. On voyait, à travers la porte en verre modelé, des ombre s'activé de temps en temps puis repartirent. Puis, on frappa sur le bois de la porte et l'ouvrit doucement. Deux officiers des forces terrestres turques et trois officiers de la marine américaine entrèrent dans la chambre. Ils refermèrent la porte nous saluèrent respectueusement. Les soldats américains dirent en anglais au soldat turque de demander à ma mère de sortir, poliment.

- Bonjour madame dit le soldat turc le plus âgée, au vu de ses rides et de ces quelques cheveux blanc apparent, nous sommes les représentant des responsables de la base d'où on était trouvé vos enfants. Nous tenons à vous dire que nous sommes avec vous dans ces périodes douloureuses, et vous assurons que nous prendrons en charges tous les frais.

- Merci dis ma mère avec fermeté, en se détournant de leur présence et en m'attrapant la main droite, me regardant avec douceur.

- Nous voulons parler avec votre fils, avec votre accord, pour pouvoir entreprendre une démarche de protection des informations, et pour pouvoir assurer votre sécurité à l'avenir. Votre fille vient d'être réveillé, et vous demande nous as aussi dit le chef service.

- Je peux rester avec mon fils ?

- Il serait préférable que non, dit l'officier avec fermeté.

Je lâchai la main de ma mère et lui caressa le dos de la main trois fois, et doucement.

- Vas-y maman, elle a besoin de toi dis-je en douceur.
- Très bien dit-elle. Elle se leva, m'embrassa à la joue et s'en allât.

Dès qu'elle franchit la porte, les soldats américains s'approchèrent de moi, alors
que les soldats turcs fermèrent la porte à clef, après l'avoir sorti de la veste du
soldat âgé.

- Tu parles anglais, je pense ? dis un soldat américain, il m'avait l'air d'être un
  caporal, au vu de ses décorations ; ses yeux était d'un noir profond, ses
  cheveux noir et coupé en dégradé militaire. Ils étaient tous grand, mais celui-
  là était impressionnant de par sa taille et sa musculature, j'avais lu un récit sur
  les soldats des unités spéciales, il en était la description complète.
- Si vous parlé lentement je pourrais comprendre.
- Bien dis le soldat, très bien.

 Il se tournât vers les deux autres américains et fit signe de la main, ils
amenèrent un magnétophone des années 80, et le posèrent sur le lit, à côté de
moi. Ils installèrent aussi une caméra a cassette, sur la face opposée de la tête d
lit, ainsi qu'une autre, numérique, de la marque go pro, le relièrent avec un
ordinateur portable.

L'officier sortit un bloc note et un crayon de sa poche intérieur, a fermeture.
Il m'observa longuement puis fit de nouveau signe de la main, et les soldats
mirent tous cela en marche. Il s'assis sur une chaise, à côté de moi pris une
longue inspiration puis sourit en s'accoudant à la chaise, en se caressant le
sourcil droit avec son indexe.
- Tu es un bon petit gamin. Fort. Courageux. Mais dangereux. Tu sais
  pourquoi je dis que tu es dangereux ?
- Peut-être dis-je.
- Parce que tu es intelligent. La force, le courage sans intelligence ne servent à
  rien. Sans logiciel, cet ordinateur aura autant d'utilité qu'un vulgaire caillou.
- C'est bien vrai dis-je.
- Tu as mal à la tête ? tu arrives à réfléchir et a raisonné comme avant ?
- Non. J'étais plus affuté avant, mais ça va.
- D'accord, c'est bien. Continue comme ça, dis la vérité et on sera partit dans
  moins de minute dit-il avec un ton encourageant. Bien petit exercice de
  créativité, tu as vu notre installation explique moi notre dispositif.
- Je pense que votre magnétoscope sert a enregistré mes dires, et a analysé la
  tonalité de ma voix en labos pour savoir si je mens. Il est aussi garanti contre

une piraterie. La caméra analogique sert vira de trace vidéo de cette entrevue. La caméra numérique et l'ordinateur, je pense que c'est un flux vidéo pour qu'une tierce personne nous regarde en temps réel. Le flux est surement protégé et sure, donc je pense qu'il est redirigé hors de notre pays, dans la vôtre je suppose.

- Je sais que tu as une mémoire quasi parfaite dis le soldat, me coupant dans mon élocution. Dis-moi ce que tu as vu et entendu. Et explique-moi ce que tu as compris à travers chaque information collectée.

- A notre arrivé on était ballonné, et ils nous avaient anesthésié. Mais je me suis réveillé quand ma tête heurta le sol de la vanne dans un nid de pouls, quand on quitta la route. J'ai mémorisé les braquages à droite ou à gauche ainsi que la durée en secondes de ses braquages et des lignes droites qui en suivirent. Quand on arrivât à la base, je fis de même avec les couloirs. Ils nous avaient mis sur un chariot et j'entrouvris les yeux pour voir les différents codes tapés pour l'ouverture des portes. Je les ai mémorisés avec des moyens mnémotechniques.

- Comment aviez-vous su que vous étiez sur la base irlincik ?

- Ces gens n'ont rien fait pour nous le caché, c'était marqué sur les murs, ils voulaient se débarrasser de nous donc ils n'y avaient aucune logique de nous cacher quoi que ce soit. Le professeur et sa fille

- Le professeur est en fuite actuellement. Nous avons besoin d'information pour l'attraper.

- Je vous donne les coordonnées géographiques de lieu où ils se trouvé quand il a été blessé en expérimentant quelque chose, dans un abri aménagé.

Le soldat leva les yeux de son bloc note, étant entrain d'écrire les mots de passe que je lui transcrivais en faisant mon récit.

- Des coordonnées ? il avait de nouveau un sourire, presque angélique. Tu es sérieux gamin ?

- Il avait appelé sa file pour qu'il parte lui porter secours, elle avait noté les coordonnés puis avait effectué une recherche sur son ordinateur avant d'aller le chercher en GPS. J'ai pris son téléphone en sortant et j'ai mémorisé les coordonnées recherchées, il y'en avait une dizaine mais j'avais pris 4 qui était tous aux abords de villes ou de routes fréquenté.

- Où est le téléphone ?

- Chez ceux qui nous ont secourus.

Un soldat turc sortit un sac un plastique transparent du sac de l'ordinateur, il y avait divers objets dans des sacs plus petit, et je vis le smartphone dedans.

- C'est celui-là. Dis-je avec assurance.
- Ont pensé que c'était un des vôtres. Il est bloqué par ses empreintes et par un mot de passe.
- 151917, c'est le mot de passe. Voici les 4 cordonnées ; 37 degrés ….

Je fini de leur donné tous les coordonnés qu'il nota minutieusement dans son bloc note.

- D'accord dit-il. Bien maintenant passons aux choses sérieux, pourquoi est tu entrée dans l'ancienne salle de contrôle de l'OTAN.

Il transmit ses notes aux soldats américains qui les prirent en photo, sortirent le smartphone. Les notes photographiées furent connectées sur l'ordinateur via l'appareil photo et surement envoyer.

- J'y cherché des plans, ou des armes. J'avais peur que le professeur revienne avant que nous soyons à l'abri et j'avais besoin de plan pour me dirigeait convenablement via la grande ours. Bref quelque chose qui m'empêcherait de déambuler dans le vide, dans un lieu désert, avec deux corps inertes a transportés.
- Et, qu'est ce tu as vu là-bas.
- Plein de choses dis-je en souriant, beaucoup de choses, trop de choses en vrai.
- D'accord, décrit moi ce que tu as vu.
- J'ai vu des écrans étains, des boutons, beaucoup de boutons, des manuels que je n'avais pas le temps de lire, des commandes internes et externe jusqu'à 5 kilomètres en dehors du périmètre de la base. J'ai vu la cartographie de la zone munie de mines antipersonnel et leurs rayons d'action donc j'ai pu les éviter en sortant.
- Vous n'avait pas vu des cartes par hasard ?
- Si. Des cartes détaillé d la zone, du périmètre d'activité de l'OTAN, de la disposition des blocs de patrouille sécuritaire etc. mais je n'ai pas eu le temps de les mémorisé dis-je d'un air rêveur. Les cartes sont difficiles a mémorisé, il faut trouver une logique et que l'on ait du temps, toutes ses cartes je les ai regardés l'espace d'une demi seconde.
- Tu as vu une carte vert militaire. On sait que tu ne l'as pas déplié, mais tu as vu quelques choses dedans.

- Il était intitulé « position balistique et » sur face plié que j'ai aperçue.
- Mais tu sais ce qu'il y avait dans l'autre face n'est-ce pas ? on t'a vue reculé dès que tu l'as vu, sur les vidéos de surveillances dis-t-il comme pour me menacer de dire la vérité.
- « Et disposition des têtes nucléaires » j'ai su que la base était une base occupée par l'OTAN, et l'OTAN n'ait d'aucun intérêt à se positionné dans un coin aussi stratégique, géopolitiquement sans tête nucléaire prés à l'usage. Bref, je n'ai pas voulu savoir ce qu'il y a marqué dessus, je sais faire la différence en secret, secret d'Etat, et risque à la sécurité nationale, continental ou même mondial.
- Tu sais que je t'aime gamin me dit-il, après m'avoir observé une dizaine de seconde. Tu es toujours aussi dangereux mais je t'aime beaucoup.
  Tu as une qualité rare, et qui fait souvent défaut au gens intelligents, tu connais les limites. J'aurais dû faire des choses, peu recommandable, si tu avais été un peu plus curieux. Un poids s'ôte de nos épaules. Mais, la preuve de ta dangerosité, tu nous as servis tous ce que nous voulions entendre. Rien n'est aussi parfait, ton récit est une douce symphonie à nos oreilles. Alors dis-moi ce qui pique.
- Il y a le fait que j'ai attendu avant de tué cette femme, ce qui m'empêchât de sauver ma sœur, qui est devenue paralysé. Il y a aussi le fait que je vous ai caché une information capitale, qui est dix mille fois plus important que tous ce dont je vous ai dit.

Le téléphone d'un des soldats sonna, il décrochât et raccrocha presque aussitôt.

- Caporal, le professeur a était appréhender, en vie dans une complexe au sud de la base.
- D'accord dis-t-il en me fixant aussi intensément que possible, ne réagissant point à ce que dit son élément. Continue bonhomme dis-t-il dans un souffle.
- J'ai deviné que les agissements du professeur étaient connus par votre pays. J'ai aussi deviné que le professeur, travaillé pour d'autre que vous. Il a des aptitudes rares pour des langues baltiques.
- Quelles langues ?
- Je ne sais pas dis-je avec un léger haussement d'épaule. Mais il pourra vous renseigner, écouté le dans son sommeil, il parle en cette langue.
- D'accord, on examinera tous cela. Un protocole vous sera imposé pour que les secrets restent secrets. Le professeur va être poursuivit et emprisonné pour ses agissements, mon pays ne voulant rien avoir à voir avec ses actes. Je

vous conseils d'oublié le peu que vous savez, il ne vous servira à rien, et ne fera que déclenché l'émoi du peuple pendant 30 minutes s'il était révélé. Vous serait reloger et réintégré dans la vie communautaire a nos frais, une histoire politiquement correct sera publier dans les médias. C'est tous jeune homme dis-t-il en se levant bonne guérison.

Ils rangèrent tous leurs bagages le caporal me donnât un numéro a mémorisé et s'en allât.

Chapitre 3 Une liberté réelle ?

J'étais assis sur le rebord de la fenêtre de ma chambre, changeant le bandage de ma main droite. On était en début de soirée, en plein été, je venais de sortir de la douche et mes cheveux mouillés, bien que coupé court, faisait gouter de l'eau sur mon bandage propre. Machinalement, je continuais d'enrouler le bandage de le serrer le plus possible pour ne pas sentir ma douleur, battre au rythme de mon pouls. Je pensais, en ce moment, au phénomène de transféré de chaleur, responsable de ma brulure a l'atelier, alors que je voulais prendre cette barre de fer accoudé au pot d'échappement de la voiture allumer depuis près de 10 minutes. Une partie de ma peau de ma paume y est resté sur cette tige métallique, j'enlèverais volontiers ce bandage si je n'étais pas obligé d'aller travailler, le soir, avec le vieux hakim, l'aidant à rentrer son commerce composé de lourds paniers de farine de toute sorte et de toutes origines.

- Ezrel tu sors ??
- Je vais aider le vieux hakim maman dis-je aussitôt, je reviens dans 15 minute avant qu'il ne fasse tard.
- Fait vite, je ne veux pas être seul avec ta sœur quand il fait nuit, et surtout fait attention dehors.

Je sortis de ma chambre, qui était collé à la leur, et vis ma sœur et ma mère assises toutes les deux devant la télé, regardant une série turque a la télé.

- Ezrel, qu'es ce que tu as à la main ? dis aussitôt ma sœur, en voyant ma main.
- Ozge, occupe-toi de ta série dis-je en m'approchant et en lui donnât un bisou au front, ma mère elle fit signe de ne rien voir.
  Vien fermer la porte maman, a toute à l'heur inchallah dis-je.

Sur la route, je parcours la lisière d'une forêt, et me mit à réfléchir au moyen de me sortir de cette situation. Je suis un jeune garçon, de douze ans, dont la sœur est paralysée et que la maman doit prendre soin d'elle a la maison. Mon papa étant décédé depuis près de 7 ans, je suis le seul habilité à chercher et impérativement trouvé de l'argent pour que l'on se nourrissent. L'Etat américain et turque, se sont occupé de nous près de 4 mois et après nous avoir fait déménager dans le village voisin, à 60 kilomètres au sud, nous avoir fourni une maison, logement hlm et nous avoir fait faire des déclarations à la télé aux journaux et fait signé des déclarations officiellement fausses, nous ont ouvertement menacé de toute divulgation d'informations pour nous abandonner à notre sort. D'après nos nouvelles, le professeur younous taviker a était jugé et condamné à perpétuité. Plus d'une vingtaine de corps on était retrouvé dans le cimetière qu'il avait bâti avec sa fille. Sa femme, bénéficiant du programme de réinsertion, habite non loin de chez nous.

Je me retrouve devant le vieux hakim sans même savoir comment j'y suis arrivé. Il me saluât chaleureusement, les rides de son sourire lui rapetissé ses yeux, il m'aidât a rentré tous ses paniers, et m'accompagna jusqu'à chez moi, au bord de sa camionnette. Sur le chemin, il vit des écureuils chercher des noix il s'arrêta et les observa.

- Tu les vois fils ? dis-t-il au bout d'une dizaine de seconde de silence.
- Ils se préparent pour hiberner en hiver dis-je en les voyant faire des aller et retour, sous les dernières lueurs du jour.
- Bien, voilà comment on arrive à quelques choses dans la vie. On travaille durement, pour obtenir une chose, on le met à l'abri, pour ne pas l'endommager ni le perdre, puis on retravaille dur pour obtenir le deuxième objectif.
- Mais ils les mangeront l'hiver et se retrouveront sans rien après dis-je pour lui poser une colle.

Il me regardât et sourit largement. Il sortit un billet de 50 livres turque. Il me dit ;

- Voilà ta paie d'aujourd'hui. Je te le donne, tu le donne à ta maman, elle le donne au boucher, qui le donne à sa banque qui le prête à son client qui me le donne qui te le donne à nouveau.
  C'est le secret de tout objectif monétaire, il reste quelque chose dont la valeur est définie et connue. Et toute chose dont la valeur est connue est voué a quitté les mains de son maitre. Les choses à valeur pouvant être estimé n'ont que des propriétaires éphémères.
  Ce qui est important ce sont l'héritage de cette quête, l'expérience et le savoir-faire acquis pour l'obtenir. Il te forgera et te rendra plus résistant plus expérimenté, te permettra de trouver le but de ta vie, et de le conquérir, de trouvé l'élu de ton cœur et de le conquérir, de trouvé le bonheur et de le conquérir, tout en faisant ton possible pour le garder.
- Il allumât la voiture et on s'en allât rapidement, la nuit tombante rapidement. On arriva devant notre maison, je lui souhaitais un bon voyage, vus qu'il allait au mariage d'un de ses neveux dans un village voisin, et le vit s'éloigné, sa crinière grisonnante volant au rythme des brises de la nuit.

On regardât jusque tard dans la nuit les émissions télés. Puis ma sœur, diminua le son et retourna la tête pour me regardait.

- Ezrel on a discuté avec maman, il faut que tu arrêtes l'atelier et que tu partes à l'école.
- Oh pitié pas encore la même discussion seigneur dis-je on m'attrapant la tête par les deux mains. Ozge aide moi a enlevé mon bandage s'il te plait dis-je avec un ton calme.
- Mon fils dit ma mère, je vais travailler à domicile, et tu pourras aller à l'école. Je vais coudre des nappes et ta sœur va m'aider. On va gagner de l'argent si on en vend assez...
- Maman s'il te plait
- Mon fils dis-t-elle en me coupant la parole ; tu es précoce mais tu n'as que 14 presque 15 ans. Je t'avais dit que tu allais te blesser mais tu m'as assuré que tu ne ferais que travaillé devant un ordinateur pour programmer les voitures, mais tu fais plus que ça, du démonte des choses lourds je t'es vu...
- Maman écoute moi. Quand je paramètre une voiture et qu'elle me signale que tel pièce n'es pas correctement connecté, que doit-je faire ? C'est mon travaille, et cela me permet de savoir beaucoup de chose. Je passerai mes examens en candidature libre, j'ai tous les livres et tous les cours. Tout ira bien...
- Mais tu es un enfant et tu ne devras pas travailler...
- Maman, tu es malade. Ma sœur est malade, et tu veux que je reste assis chez nous ? Les choses de la vie nous forgent et nous ouvrent des opportunités et nous aide a trouvé notre voie. Je pense que je veux travailler dans l'industrie de l'aéronautique ou dans celle des recherches et la construction mécanique. J'ai plein d'idée de développement de pièces et d'innovations diverses en travaillant à l'atelier.
- D'accord dis ma mère en souriant. Ozge aussi était convaincue par mes mots.

   On resta la a discuté de mes idées, que j'avais consciencieusement gravé sur mon agenda. On débâtit jusque tard dans la nuit sur mes idées, maman m'appliquant une pommade fait maison sur ma brulure.

Au lever du soleil, j'étais devant l'atelier, attendant le chef abdoulkarim, écoutant la radio sur mon téléphone. Je vis alors une scène surréaliste. Ismael nacer, notre voisin au village, était assis devant moi, le buste contre les dédales de l'escalier d'un marchand de tapis, visiblement sou. Je me reproche le réveillé et vit qu'il était dans un piteux état. En plus de ses cicatrices héritées de cette nuit, isamel était sale et n'avait que la peau sur les os. Il avait une dépendance aux produits narcoleptiques depuis son traitement d'antidouleur puissant, après ses blessures diverses.

- Ismael, ismaelll

Je lui donnasse des coups et il se réveilla en sursaut. Il me vit et l'expression de son visage changeât, il avait honte.

- Ah c'est toi petit frère dis-t-il d'une voix à peine audible. Comment tu vas ?
- Toi comment tu vas dis-je en le scrutant.

Connaissant sa pudeur, j'étais sûr de le choqué ainsi. Je lui tendis la main pour qu'il se redresse, il avait le regard honteux, rasant le sol. Je continué de le dévisagé et il dit, d'un ton déchirant :

- Saleté d'américains. Je les maudits ezrel, je les maudits de tout ce qui reste de mon âme.
- Ismael dis-je, ne comprenant rien de son verbiage. Mais qu'est-ce que tu racontes ?

Mon chef déboulât alors de la rue adjacente dans sa voiture, se gara juste devant nous. Il descendit et nous scrutât

- Ezrel, tu as un problème dis-t-il, s'approchant de nous
- Chef je te présent ismael, il était victime avec ma sœur et moi. Il a besoin de moi, je peux prendre mais 2 heures de pause maintenant.
- On a fini les voitures électroniques, il reste une vielle Cadillac a restauré on peut se passer de toi pour la matinée, mais revient avant 12h.
- Inchallah chef merci dit je

Il s'éloigna en faisant un signe de la tête compatissant à ismael et on resta de nouveau seul. Je brise le silence alors

- A 50 mètres, il y a un parc et des bancs on va s'assoir, tu m'explique ce qui se passe.

Il s'avançât en silence, moi derrière lui. On s'assit sur le banc le plus inaccessible. Je remonte les manches de mon t shirt a longue manche et lui dit

- Ismael s'il te plait explique moi, que se passe-t-il.

- Les Américains, les politiques, ils n'ont aucun respect, aucun honneur, aucune dignité, aucune parole. Ils nous ont trahis, nous et les autres victimes de taviker.
- Comment dis-je en sentant mon cœur se noué dans ma poitrine. Comment mon frère ??
- Taviker va être déporté aux états unis, dans quelques heures. Il aura une nouvelle identité et travaillera dans des recherches gouvernementales là-bas.

J'étais comme assommé. Je me lève d'un bond et m'agenouilla devant lui, son visage était déformé par la rage, je su qu'il disait vrai.

- Mais comment sais-tu…
- Un journaliste d'investigation m'a trouvé et m'a posé des questions. Il me la révélé, une de ses sources étant un haut placé des affaires étrangères. C'est quoi ton secret ? comment tu fais pour vivre avec ?
- Tu penses que je vis ? dis-je avec désinvolture. Je me lève et m'assis près de lui.
  Je suis détruit mon frère. Je suis un nouvel individu, je n'ai plus rien d'humain en moi. Ils ont détruit ce qu'il y avait de bon en moi. Ce qu'il y avait de beau en moi, de gentil en moi, d'innocent en moi. J'ai vu tellement de tombe, j'ai subi tellement d'atrocité d'humiliations et d'actes haineux que je suis vide actuellement. Ils nous ont déshumanisé, nous gardant nue pendant des jours, pour faire des tests, nous laissant faire nos besoins par terre comme des animaux, testant leurs produits chimiques et leurs vices sur nos corps. Ce qui me fait le plus mal c'est que j'ai l'impression que ce corps n'est plus mien, j'ai été souillé, abusé, alors qu'avant ces maudits jours, j'avais un sentiment de contrôle, de maitre de moi mémé, il s'en est allé quand on m'a noué la gorge et menotté les mains.
  Avant-hier soir en rentrant, j'ai trouvé un chevreuil agonisant sur le bord de la route, après avoir était percuté par un 12 tonnes, je me suis contenté de sortir ma scie à métaux de ma poche et de l'égorgé. Je ne ressens plus rien, je suis comme une caisse de résonnance, qui ne reproduit que les sons de son environnement, mais n'est plus capable de produire le moindre bruit, aussi fade et insensé qu'il puisse être.
- C'est de ma faute tous cela, si vous n'y...
- Frère, on est responsable de ses pensées et de ses agissements, pas de ceux des autres.
- Mais toi tu as eu la chance, de …

Il s'arrêta dans son élocution, redressa sa tête et m'observa de ses yeux emplis de haine.

La chance de tué, de te venger d'un d'entre eux. Comment ça fait ?

- J'ai été maudit, que cela soit tombé sur moi. Depuis ce jour, j'ai une boule au ventre, j'ai pris une vie humaine. Je n'arrive toujours pas à m'y faire ismael, mais je suis bouffé de l'intérieur par quelque chose de terrifiant, un monstre qui a bousculé et cassé un des piliers sacrés de ma conscience morale. Je n'arrive plus à sentir de la viande brulé, l'odeur m'ai insupportable. Et à chaque fois que je croise une femme se rapprochant à sa description physique, je suis dans un état de culpabilité inexplicable.

- Tu as défendu nos vies, tu n'as pas à te sentir coupable.

- Je me sens coupable envers sa vie, mais as envers ses actes. Ces actes mérités pire que la mort, mais sa vie que j'ai prise de mes mains, m'a laissé une trace indélébile dans l'âme, le fait que je puisse avoir une interférer sur une des règles les plus intemporels de l'humanité, la durée éphémère de notre conscience ici-bas.

  Je sens que je outrepassé quelque chose de sacrée, de précieux et d'inestimable, qui sera perdu à tout jamais. Peu importe les motivations, prendre la chose la plus précieuse de quelqu'un, alors que la mienne reste intacte me rend inconfortable, comme si j'avais usé de pouvoirs interdit à ma moralité. Ce meurtre m'a plus usé que quoi que ce soit d'autre.

- Je ne l'avais pas vue de ce point de vue. Que dieu te vienne en aide.

- Amine frère, mais parle-moi de taviker, au nom de quoi les Américains veulent ils l'extradés ?

- Ils veulent ces travaux, ils ont besoins de ses conclusions et de ses développements futurs pour leur projet d'habité une planète du système solaire, et aussi de vérifié si la vie peut y prospérer. Il aiderait aussi l'industrie de l'armement pour des armes chimiques ainsi que des dérivés qui faciliterait leurs interrogatoires.

  Ils l'utilisent. Et mon contact est sure qu'il sera libre là-bas.

- D'accord dis-je en me levant. Ismael, il faut qu'ont apprennent à vivre avec sinon on deviendra fou. Bob marley disait « combat le diable avec chose que l'on appelle l'amour. » des flammes brule dans nos torses, et on n'était pas une flamme en l'attisant.

- Tu acceptes sans broncher dis ismael en se levant à son tour pour me faire face. Depuis notre mésaventure, j'avais grandi et on avait presque la même taille dorénavant.

- Qu'est-ce qu'on peut faire ? on va se battre contre les Etats unis ? tu sais que j'ai raison, si on veut survivre, il faudra que l'on trouve un moyen.
- Comment vas ta sœur dis ismael sèchement
- Elle va bien.
- Salut la de ma part, demain je quitte ce logement que l'on m'a accordé, je rentre au village, bonne chance. Salut ta maman pour moi aussi. Il se dirigeât vers la sortie du parc, la démarche légèrement clivant.

Je rentre alors chez nous vers 17h30, épuiser par le lourd travail effectué à l'atelier, je ne me rendis même pas compte de la voiture de luxe qui trusté notre trottoir. Puis en sonnant a la porte, je sentis un parfum familier, et je compris ce qui se passé. Ma mère ouvrit la porte, le regard interrogatif étudiant mon expression.

- J'ai eu une journée difficile, très difficile, j'espère que ce n'est pas celui que je crois !
- Ecoute ezrel, il est venu en tout bien tout honneur
  Je passe devant ma mère, et vit assis sur nos fauteuils, ma sœur qui avait les yeux rivés à la télé, et Alexandre, assis en face d'elle, ses long cheveux brun attaché en chignon, il devait arriver jusqu'à ses épaules. Il se retourna me vit et son visage s'empourprait.
- Bonjour ezrel, je suis venue prendre de vos nouvelles.
- Ma sœur dis-je en ignorant ses mots, tu veux vraiment discuter avec lui ?

Elle me fit non de la tête, et s'agrippa aux roues de sa chaise roulante. Je m'avance et l'arrêta net.

- Tu es chez toi, tu vas nulpard, il va s'en aller tout de suite dis-je en me retournant vers Alexandre.
- Ezrel, tu n'es pas à ma position, mon père et ma mère m'ont mis la pression, je n'avais pas le choix, c'était une situation difficile pour moi. Ecoute je vais prendre soin de vous...
- Arrête s'il te plait, Mr felisteur. Ta situation était difficile ? c'est presque une insulte de dire ses mots devant nous. Ton père et ta mère n'avait aucun engagement envers a sœur, toi si. Ce n'est pas eux qui l'on vu, qui l'on aimé, qui ont fait des projets avec elle alors ne me perle pas d'eux. Tu as failli à ta parole, et ceux quand ma sœur avait le plus besoin de toi, honte à toi. La valeur d'un homme se mesure par ses actes, et tu n'as pas de valeur puisque tu n'as pas agi. Tu as beau mentir à tes parents, aux voisins, à ma mère, à ma

sœur, a toi-même moi je vois que tu as abandonné ma sœur au premier obstacle, et ceux, le plus lâchement possible. Ma sœur ne veut plus te voir, moi je ne veux plus te voir, si tu veux parler à ma mère et qu'elle est d'accord, vous le feraient loin de nous deux, loin de notre foyer. Les enveloppes que tu déposes de temps en temps devant chez nous son confié au chef de village, tu peux aller les récupérer en rentrant, l'honneur cela ne s'achète pas. Va retourner dans ton manoir et laisse notre maison en paix.

- Vous m'avais jugé !!! j'ai fait une erreur, je suis d'accord mais vous m'avait crucifié pour cela !!! ce n'est pas juste !! j'aime Ozge et je veux faire ma vie avec elle. Vous êtes injuste avec moi !!

- La vie n'est pas juste Alexandre dis ma sœur avec douceur. Tu penses que l'on s'apitoie sur notre sort pour te faire culpabiliser ? je vais très bien, dieu merci. Je n'ai besoin de rien, mon frère ma mère et moi sommes une famille à part entière, on vie notre vie, vas vivre la tienne. Je te pardonne tout ce que tu 'a fait, et je te demande pardon pour tous ce que je t'ai fait, mais je ne peux plus être avec toi. Mon frère a tout dis, tu n'es plus le bienvenu ici, et respect mon vouloir, s'il te plait.

- Mais ozge je t'aime, j'ai fait une erreur tu pourras me pardonner avec le temps, on vaincra ceci ensemble

- On vaincra quoi ? il n'y a point d'ennemis à vaincre. Je vis avec un mal que j'espère dépasser un jour. Le fait que tu penses que le temps puisse y changé quelque chose montre que tu ne me connais pas. Je suis une personne très simple, je sais ce que je peux et ce que je veux. Je sais que je ne veux plus de toi. Ne pense pas que je ne t'ai pas aimé, ou que je ne t'aime pas en ce moment, mais tu es sorti volontairement de ma vie, alors je tes sortit de la mienne, et contrairement à toi, je n'ai qu'une seule et unique parole, ma parole garantit mon honneur, et mon honneur garantit ma vie. Le jour où je vivrais sans honneur, cette ozge que tu vois devant tes yeux sera morte de honte depuis longtemps. Je te souhaite le meilleur.
  Ezrel, accompagne Alexandre jusqu'à sa voiture, veuille qu'il ne lui arrive rien s'il te plait. Maman j'ai à te parler dis-t-elle en regardant ma mère intensément.

Alexandre se leva et sortit, une larme coulant le long de sa joue gauche.

Cette nuit-là, je n'arrivai pas à dormir, mes yeux étant rivé sur le mur, dont les ombres de l'arbre de la rue orné tristement, avec l'aide du réverbère. Je me mentais depuis plus de 4 mois, ma sœur allait bien, elle est très forte. Elle a assimilé ce qui s'est passé et la paix se lisait dans ses yeux, mais moi tout comme ismael, je brulé dedans. J'ai mis de l'argent de côté grâce à des visite au casino clandestin, et pensé à un plan, presque tous les soirs de toutes mes nuits pour me le caché presque à chaque levé de jour. Le jour j'avais comme une obligation de mimétisme envers ma sœur, pour le bien être de ma mère, mais la nuit, mon esprit s'égaré à mes vrais ressentit, je voulais me venger du professeur taviker, je ne sais ni ou ni comment mais je le veux.

Chapitre 4 : le doux cour d'une rivière capricieuse

Cela faisait 3 mois après la dernière visite d'Alexandre, 3 mois aussi que je n'avais plus vus ismael. Depuis notre rencontre, j'avais changé, je passé mes nuits a calculé, a déchiffré et à inscrire des donné dans le vieil agenda que j'avais trouvé dans a chambre, lors de notre aménagement.

Alexandre rodait de temps en temps près de chez nous, les phares éteints. Il avait pris ses distances, mais n'avait visiblement pas tourné sa page. Ma sœur m'attendait comme tous les soirs devant la cour, malgré le soir. Il y avait un nouveau mécanicien dans notre atelier, qui avait une voiture et qui venais me déposer chaque soir, et comme par hasard, elle était la a chaque fois, se promenant après avoir fini de travaillé sur le motif des nattes qu'elle devrait coudre le lendemain.

- Bonsoir amir, comment tu vas
- Bonsoir ozge dis amir avec un sourire aussi large que celui de ma sœur, je vais bien et toi comment tu vas ? et le travail ? tu n'es pas trop fatigué ? tu m'as manqué je ne t'ai pas vu ce matin ?
- Je vais bien amir, non je ne suis pas trop fatigué. Ah ce matin ? j'étais surement occupé
- Ou tu n'avais pas fini de te pomponner pour m'accompagner à la porte dis-je entre mes dents. Ce qui suffit pour que mes pieds fut écrasé par les roues de son fauteuil.
- Laisse-le dire dés bêtises dis ozge en prenant le bras d'Amir, par le coude.
- Tu es fatigué dis amir d'un œil interrogatif en la voyant baillé. Tu travail trop ma be.. Je veux dire ozge dis amir les joues d'un rouge vif.
- Qui croient ils berné dis-je à ma mère à travers les barreaux de sa chambre qui donné vers nous
- Ils se bernet eux même dis-t-elle en secouant la tête. Amir comme d'habitude, vous revenait diner dans 2 h s'il vous plait. Il fait froid faite attention il y a un peu de verglas de la route.
- Bien sûr madame dit amir, remettant ses cheveux derrières ses oreilles d'un geste machinale, ils étaient aussi noirs que ceux de ma sœur. Il prit sa chaise roulante et ils s'avancèrent vers la lisière de la foret, pour se promené.

Je rentre dans ma chambre, sortit mon agenda et mon stylo. Je me mis a calculé. Amir m'avait parlé ce matin, il avait été embauché par une entreprise russe, et voudrait épouser ma sœur pour l'amené avec ma mère et moi là-bas. Mais recherche de demande d'emploi de mécanicien en Russie ont donc porté leur fruit, je peux maintenant avancer et finalisé mon plan, plus que quelques semaines me dis-je en voix basse. Je pris mon smartphone et recherché des bourses d'études pour les Etats unis. J'entendis alors la télé dire le nom du professeur tavikeur. Je courus voir et vis ma mère devant la télé, le journal télévisé venait de commencer.

« Comme annoncé, le professeur Younouss taviker a quitté le territoire turc en début de matinée pour aller aux Etats unis, ou il sera jugé par la juridiction américaine. Il sera sous la surveillance des services de sécurité américaine selon nos informations, et ne séjournera donc pas pour le moment dans une cellule comme pré annoncé. Le ministre de la justice américain en personne s'est prononcé à ce sujet : « pour des raisons sécuritaires, nous n'énoncerons pas sa localisation en temps et en heurs. Il comparaitra devant un juge le plus tôt possible » tels sont donc les mots du ministre de la justice américains. On a toutefois remarqué la présence dans l'assemblé d'un représentant du ministère de la sécurité et de l'armement, mais aussi un représentant du ministre des Recherches et des explorations spatiales. Le célèbre chanteur ilhan sensen a annoncé la sortit d'un album… »

Ma mère se retourna et m'observa. Elle réfléchit et dit

- Tu savais qu'il allait l'extrader ?
- Oui dis-je. Ils vont le libéré et il vivra là-bas libre.
- Ce n'est pas possible dis ma mère d'une voix amusée, avec sa fille, ils ont tués près de 31 personnes, les américains ne feront jamais cela. Et au nom de quoi
- Ils vont le faire au nom de la science. Et ils l'ont déjà fait.
- C'est ce que tu trafique depuis des mois dans ta chambre dis-t-elle d'une voix autoritaire. Tu as piraté un je ne sais quoi qui te fait parler avec temps d'assurance ?
- Non je dis juste la vérité. Les Américains ont laissé vivre en liberté des personnes qui dirigé des camps d'exterminations nazi durant la deuxième guerre mondiale au nom de leur connaissances technique. Ces personnes ont massacré des milliers de personnes par jours et ont vécus à l'abri du besoin jusqu'à leur mort, de vieillesse. Je n'invente rien maman, ne me regarde pas avec ses yeux. La bêtise humaine n'a pas de limite, surtout si elle est motivée par l'argent et le pouvoir, les péchés de l'inculque.

Je rentre donc dans ma chambre. Mon cœur brulait comme s'il avait était plongé dans sceau d'acide. Je pris une profonde inspiration, et mon torse me brula encore plus. Je regarde à travers la fenêtre et vit ma sœur et Amir arrivé au loin, tous souriant, tous c'étaient passé comme je le pensé.

Ma sœur se fiança donc 3 jours plus tard, la famille d'Amir vint avec tous les cadeaux traditionnels. Amir devant aller en Russie dans 10 jours, le mariage fut planifié rapidement entre sa mère et la mienne, son père étant presque tout le temps entrain de faire le pitre, un vieux monsieur très humble, malgré de nombreuses propriétés à son nom à travers tout le pays. Ma mère décidât de rester avec moi, attendant que mon année scolaire se finisse pour que l'on aille rejoindre ma sœur, malgré mes plaintes répétées.

- Maman tonton khassim est d'accord, je peux aller vivre chez lui, vas-y avec
- Ta sœur n''es pas mon seul enfant Ezrel. On ira en Russie à la fin de l'année scolaire. Fin de la discussion.

Je me mis sur le pas de la porte, regardant au loin des garçons joué au football, il devait avoir dans les 18 ans, soit 3 ans de plus que moi. Je vis alors une jeune fille, très belle, marché avec un lourd panier de course au bras. Je regarde la scène de loin et vit alors les garçons tapé leur ballon sur son dos. Elle chuta lourdement et le bruit que fit le panier laissa présager que des œufs se sont brisés. Les garçons prirent leurs ballons et s'enfuirent en riant quand j'arrivais en courant vers la jeune fille. Je lui tendis ma main, elle se redressa en vociférant. Ses cheveux roux et foncés souligné ses sourcils et sa beauté, très rare. Elle avait des taches de rousseurs de part et d'autre du visage, sa main écorchée était en sang.

- Vous l'avez fait exprès !!
- Je ne jouai pas dit je automatiquement laisse-moi t'aider

 Je pris son panier et l'amena chez nous. Ma mère pris soin de son bras puis me donna de l'argent pour que l'on retourne au marché.

- C'est bon je connais le marché, j'y vais seule dit -elle dès que nous sortîmes de la maison.
- Hors de question, on y va
- Mais arrête sa tout de suite, je n'ai pas besoin d'aide dit-elle d'un ton catégorique, son visage devenant tout rouge
- Je pris alors son panier et me mit avancer. Elle m'emboitât le pas, la mine déconfite.

En s'approchant du village, je vis quelques adulés la dévisagé, elle se contentât de marché la tête haute, mais je la vis mal à l'aise. Une fois les courses finies, on avait plus échangé et on avait quelques affinités de plus.

Ses yeux étaient d'un noir de jais, son sourire chaleureux, elle avait les traits qui changé selon les sujet et personnes abordées, son amé était meurtri, caché sous un masque impénétrable. Elle contrôlé le moindre de ses tics, ne laissant transparaitre qu'une petite dizaine de tierce ces émotions.

Ce contrôle me dérangeât, au plus haut point, y étant adepte depuis ma trouble histoire. A l'auret d'un petit pont en bois, traversant une petite cour d'eau séparant notre petite ville a la sienne, mélanie me prit le panier et dit :

- Ma mère serait furieuse en me voyant avec un homme, dès notre arrivée au village, les gens vont jasés. Donne-moi ton numéro, je t'appellerai et tu auras le mien.

Je lui donnasse mon numéro, elle s'avança sur le pont, le soleil étant à son zénith, je vis ses cheveux d'un reflet orangé voleté aux grés du vent, son parfum, d'une odeur gourmande et sucré de manque atteignit mes orifices nasales.

- Mélanie lui dis-je, mélanie
- Elle se retourna puis fit demi-tour, elle s'avançât d'un pas mal assuré, vint directement jusqu'à moi puis m'embrassa.

Chapitre 5 : L'étincelle

Je ne saurai expliquer ce moment, je n'ai rien vus de comparable, et aucuns mots ne me parait adéquat pour décrire ce moment. Ces lèvres douces, entrèrent ainsi dans ma bouche, et mes yeux se frémirent, sur cette douceur. Je vis le soleil, ainsi que les planètes occupant le système solaire, je sentis la chaleur de notre étoile me caressant le bras droit, entre les doigts fines et longiligne de mélanie. La terre toute bleu, tournant sur elle-même tout en en avançant dans le vide spatial, à la poursuite du soleil insaisissable, me rappelant que cet instant eu lieu dans un « espace » défini, nous petit être sur un rocher, dans un vide cosmique. Un Meteor traversât l'espace d'un vide d'encre, sa course mimant le sourire angélique et retenue de mélanie lorsqu'elle retira ses lèvres, et que mes yeux s'ouvrirent. Elle vit une larme sur ma joue gauche et l'enlevât d'un revers de sa main. Ses yeux tentés de déchirer mon état de choc, et de peur je tenté un sourire nerveux.

-   A plus tard dit elle les joue teint en rouge et elle s'en allât comme pour disparaitre derrière l'angle d'un commerce, sur la première route de leur ville, à gauche.

Je m'assis, sur la berge et me mit à réfléchir à ma réaction. Mes mains se mirent a tremblés, incontrolablement. Pourquoi suis-je aussi atteint, d'un baisé, certes le premier, mais juste d'un baisé. C'est une des premières fois que je faisais face à des sentiments, je me contenté dès les enfoires, très profondément depuis l'enfance. Etant très sensible aux maux de ce mondes, depuis que je fus en âge de comprendre les informations j'avais appris a caché, à enfouir ces émotions. Je me posé des questions démoralisantes, quitte à me blesser sans trouver des réponses. Que faisons-nous sur terre ? pourquoi des gens, victimes, souffrais ? quel logiques, quel but avait toute cette souffrance ? Quel incidence ma vie a sur la démarche inexorable du temps ? Puis j'ai arrêté d'essayer de trouver des réponses, je me contenté d'enfoire ces questionnements, pour ma stabilité émotionnelle. Ma famille avait besoin de moi, pour manger, boire se vêtir, se loger.

Ce dont j'ai été victime, passa aussi par cette case. Contrairement à ce que les gens pensent, ce n'est nullement preuve de courage, juste de lâcheté. Car les problèmes, non confronté de disparaisse pas comme par magie. Ce sont juste des bleues cachées sous un fond de teint, a la moindre averse elle réapparaisse sous les yeux éballit. Ce qui y'a de plus destructeur, c'est que ces bleus empêchent de souscrire, dès qu'on sourire le mal nous rappelle qu'on n'est pas en bonne santé, et ont se revasisent, pique par la douleur. Le pire c'est le but du fond de teint. Ce n'est pas pour guérir, c'est juste pour le paraitre. Il est présent pour que les gens ne posent pas de question, pour que l'on reste dans un confort illusoire, laissant le mal prospéré. Ma sœur est forte de nature, elle pleure, elle maigrit, elle vain le mal puis elle se relève pour un autre combat. Moi je n'ai jamais combattu, mes maux ni mon environnement. Mais je vécu une averse, aujourd'hui. Lors d'une douce après-midi, j'ai vécu une averse qui effaçât d'un trait tous ce qui avait caché le coquart. J'étais en face à face avec ma vulnérabilité. Je sentis l'émotion débordé de tout part, je ne ut me contrôlé. Mes yeux étaient mouillés, ma douleur lancinante. Le soleil avancé dans sa course et le ciel s'obscurcie. L'atmosphère se détendit et les Etoiles commencée à apparaitre. Je me demandit, intérieurement comment un être, constitué de poussière évacué par ces masses gazeuses, sur des ordres de temps et de distances inimaginable peut avoir de spéciale ? Un être vivant sur un amas de roches, d'éléments chimiques diverses peut-il être spéciale ? Nous humain sommes d'une prétention sans limite, pour se qualifier ainsi. J'ai vécu des choses dures à l'échelle humaine. Nos sens sont juste limités dans l'appréhension au bonheur ou à la douleur. A nos échelles, l'univers est immense, nos douleurs aussi. Mais à l'échelle universelle, nos douleurs sont inexistantes, insignifiant, notre existence insensée.

Je me surpris devant notre porche, je ne sus comment. J'entre et trouvait ma mère assise devant la télé. Elle me dévisageât et sourit.

- Elle te plait ? dis t'elle en enlevant son voile devant la console de l'entré, se mirant.
- Qui ?
- Personne. Elle sourit et prit sa brosse à cheveux pour s'assoir à nouveau devant la télé. Elle se brossa les cheveux. Je m'assis à côté d'elle.
- Maman, le bonheur, comment on fait pour le vivre ?
- Il faut d'abord savoir ce qu'est le bonheur avant de savoir comment le vivre. Le bonheur est très subjectif mon fils, et il se vit tout le temps.
  J'ai été très heureuse avec votre père, moins heureuse depuis sa disparition. Je vis au jour le jour, me battant chaque jour contre le mal que je vis. Je vis la tête haute, et mon bonheur réside en partit dans cela. Je peux te donner un conseil ?

- Bien sûr dis-je en lui prenant la brosse de cheveu, les lui brossant
- Ton bonheur ne doit pas dépendre de choses matérielles. Le matériel de
cette vie est comme les mouvements marins, les vagues vont et viennent.
Il faut qu'il réside sur les choses qui sont immatériel, qui ont de la valeur.
Dès que j'attends une mélodie d'ilhan sese, ou de Sesen aksu, je me souviens
de nos valses, avec ton père. Je ressens immédiatement ses doigts entre les
miennes, les cores de sa main gauche agressant mon coude droit, sa timidité
teintant ses joues, son visage, copie de la tienne, tremblant d'excitation. Ce
moment, aussi fuguasse qu'il puisse être est d'une valeur inestimable pour
ma vielle mémoire. Les odeurs du sel marin, le ciel étoilé, le fond sonore
maritime, la météo un peu tendu et humide de l'été, une symphonie
composée de ces éléments enveloppait mes sens, je suis en trans rien qu'en y
pensant.
Ses épaules frémirent et un large sourire orna son visage, je vis ses lèvres
jusqu'a ses oreilles. Puis ses joues s'enpourprirent, elle s'éventât le visage,
tout en étant a des kilomètres d'ici.
Excuse-moi, je divaguais ! tu vois, cet instant est un parmi tant d'autres, et il
réchauffe mon cœur à chaque fois que je traverse un hiver, aussi rude qu'il
soit.
La fille d'aujourd'hui est très belle.
- Très belle dis-je avec douceur.

 On est très pudique, dans notre famille. Avec ma sœur, on est la même face de
deux pièces de même valeur. Avec ma mère on est la même pièce. La différence
est la plus grande cause de collaborations, la complémentarité étant criante.
Avec ma sœur, on s'emboite, on partage donc énormément, bien que nos
visions soient souvent divergentes. Avec ma mère on a la même vision, ses
conseils valent de l'or, j'ai toujours vu ce qu'elle me dit, c'est l'oracle de ma
tribu. Toutefois, cette pudeur maladive, elle est dans notre environnement, dans
notre éducation mais aussi et surtout dans nos gènes. On n'a une barrière, très
épaisse, autour des questions émotionnelles. On ne se dit pas tout, on ne se dit
presque rien. Etant des êtres émotionnels, tout ce que nous faisons trouve une
source dans nos émotions. Discuté de tout sauf de ces sentiments aux êtres qui
nous sont le plus proche se résume à tous faire dans une démarche sauf
l'essentiel. Des tiraillements naissent entre l'âme et la conscience, l'individus
n'ayant pas assez d'expériences et de conseil pour affronter le monde et ses
problèmes. Un décalage existe entre tous membres, et chaque individu est
perturbé. On cache nos états d'âmes derrière des sourire et des discours pleins
de faux semblant, on est tous des inconnus connu.

J'avais pourtant réussi de sauvegarder un lien d'intimité avec ma mère. Une variable, le décès de mon paternel, a bouleversé le sens de la fonction basique. Cette disparition a créé un pont avec ma mère étant l'homme de la maison, de ces mots. Nous sommes comme le beurre, dès que nous faisons descendre la température, nos émotions fondent, mais la majeur partit du temps nous sommes dur et froid.

- Elle t'aidera a passé cet obstacle dis t'elle en se penchant un peu pour prendre le pic, traditionnellement utilisé pour faire des raies, avec nos cheveux traditionnellement touffus.
- S'il existe dis-je d'un ton désinvolte
- Tu sais comment cela vas se finir si tu t'entête, que veut tu faire, te vengé ?
- Tu te fais des films dis-je, mon cœur faisait des bonds dans ma poitrine, je ne veux pas avoir cette discussion avec elle
- Il vit en occident, aux Amériques, dieu se chargera de le punir, vit ta vie, agis sur ce dont tu as le contrôle. Sa voix était hésitante, elle essayait de se convaincre elle-même sur ce qu'elle disait.
- Maman je sais, ne t'inquiète pas

Elle finit de se faire une raie et de s'attacher les cheveux avec une attache puis se tourna pour me regardait droit dans les yeux.

- Tu es mon fils, je te connais, tu es sorti de là-bas conscient, je sais que tu y as mémorisé des choses, ces choses que nous demandé l'agent américains. Ne l'utilise pas mon fils, ne fais rien qui peut nous contrarier. On ne partira pas en Russie, avec ta sœur. J'irai la voir dans peu de temps mais je ne veux pas quitter mon pays. Je me plais ici, ta sœur a sa famille et a besoin d'intimité. On va vivre ensemble et on se verra ce que l'avenir nous apporte.
- C'est insensé maman dis-je, là-bas on sera plus stable financièrement, ici on est trop juste.
- Je vais ouvrir un commerce, je vais faire quelques choses ; tu pourras suivre tes études, aller à l'université et faire quelque chose de ta vie.
- Je suis malade maman. J'ai de l'épilepsie, depuis notre aventure.
- Ta sœur me la dit avant de partir, j'essaye de veiller sur toi la nuit.
- Quoi dis-je en me levant, elle te la dit...
- Je devais être au courant ; on n'est que tous les deux tu ne trouves pas ? je me suis renseigné c'est une maladie difficile mais cela ne doit pas t'empêché de te réaliser.

- Je prendrai compte de ce que tu m'as dit ne t'inquiète pas. Que veut tu ouvrir ?

Je changeais ainsi de sujet, elle m'expliquât qu'elle voulait ouvrir une parfumerie, que c'est son rêve. Elle me promit un poste de chimiste et on discutât ainsi jusque tard le soir.

Le lendemain je sortit pour aller à l'atelier, me couvrant bien, et me mit à réfléchir, il faut que j'agisse vite, mais je dois modifier un peu mes plans. Je me renseigni aussi sur le métier de parfumeur, a la descente, et ceci m'intéressa plus que je le pensais. Un art subtil, des connaissances techniques mais aussi un savoir une douceur à acquérir pour en faire une façon de vivre comme le dit le vieux parfumeur avec qui on m'avait présenté, après une recherche de plus de 2h.

- J'avais une boutique à Istanbul, j'ai vieilli alors c'est mon fils que je gère maintenant avec sa femme, mais je peux tous t'apprendre. On fera les bases ici pour les vendre à mon fils, cela vous fera un contrat de bases qui vous fera payer votre location et vos charges fixes. L'activité est florissante et les bases doivent être faites le plus près possibles des lieux de cueilles, pour ne pas perdre en qualité. Après lorsque l'on révélera la senteur des bases pour des produits fini on les vendra et ce sera votre bénéfice.
- J'en parle à ma mère mais je pense qu'elle sera partante a 100%. Je posé ma tasse de thé vide, remercia le vieux pris son numéro et partit.

Je me mis a marcher vite, comme d'habitude, puis je sentit une main me tapoté l'épaule droit je tournis la tête à droite et ne vis personne, me retournant a gauche et je vis mélanie, sa belle chevelure rousse était raid et sentait le bonbon.

Je ne l'agrippât pas la manche droite de son pull et lui fit la bise. Elle devint toute rouge regardant à droite et à gauche si on nous avait vu.

- Comment tu vas e dit elle ne s'enpourpissant de plus en plus
- Tu sens trop trop bon lui dis-je la regardant droit dans les yeux.

Elle plissa les yeux l'air de me dire calme toi. Je souris du fond de l'âme, je me senti très léger à ses côtés.

- Si je te manquais autant pourquoi ne m'a tu pas fait signe me susurra t'elle a l'oreille alors que l'on s'avançait doucement, en direction de la périphérie, où elle habite.
- Je ne sais pas comment ça se passe, je n'ai jamais eu de copine ou d'amis depuis l'enfance.
- Je suis dans quel case dis t'elle
- Vu les sentiments que je te porte, dans la case petite copine !
- Pour quelqu'un qui ne s'y connait pas, dis t'elle en essayant de changer de sujet, tu apprends vite eh ben !
- Tu as pris quelques couleurs dis-je en lui donnant un coup d'épaule.
- Alors tu n'as pas eu d'amoureuse dans ta vie ?
- Ma vie n'est pas un terreau pour de l'amour ? j'ai trop la poisse, trop trop la poisse.
- On a un point commun alors dit -elle, peut-être qu'à nous deux on annulera cette poisse. Moi aussi je n'ai pas de l'expérience. J'ai toujours été plus ou moins seule.
- Il faut que l'on se voit demain après-midi, près du pont, je veux qu'on discute.
- Je dois voire avec ma mère, je suis déjà sorti aujourd'hui pour me coiffer je ne suis pas sure qu'elle me laisse sortir demain. Je te tiendrai au courant.
- Comment dis-je en m'arrêtant a la croisé de nos routes.
- Tu n'as pas de téléphone dit t-elle d'un ton rieur.
- Ah, je n'ai pas l'habitude de me servir du téléphone pour communiquer…
- J'ai bien remarqué ! Elle s'arrêtât en mettant une mèche non attachée derrière son oreille. Elle me toucha la cicatrice sous mon œil gauche. Elle y déposé un baisé puis m'embrassa le front en se mettant sur la pointe des pieds. Je frémis mes yeux, lorsque je les rouvris je vis sa silhouette au loin, marchant rapidement tout en regardant du haut de son épaule de temps à autre pour voir ou j'étais.

Ce soir-là je me décidait d'agir. Je vais faire ce que j'ai à faire après, si j'ai un semblant de liberté de mouvement et d'esprit, je ferais du mieux que je peux pour avoir le plus de bonheur possible.

Chapitre 6 : Le début de la fin

Me voici à la base, après trois jours de débrouille, un camionneur me déposa sur la route, m'épargnant ainsi les 30 dernières bornes. Je m'avançais dans le noir sans faire gaffe, et vit, avec stupeur que la base a était totalement désinfecté. Il y'a de grosse bande scellant les porte et fenêtre, marquer ne pas toucher. Je m'approchais et vit de gros cadenas et de grosses chaines scellant tous les entrés. Je vis de grosses entailles au sol, ainsi que du bitume fraichement coulé scellant un creusé dans toute une partie du bâtiment. Le cœur nucléaire a été enlevé et décontaminé. Je pensais qu'il aller balayer derrière mais pas à ce point, ni si rapidement et sans bruit. Je fis le tour, ce qui me pris une trentaine de minute pour inspecter munisieusement les entrées, mais rien n'a était laissé comme prévu. L'ezrel d'il y'a une semaine aurait étouffé un soulagement intérieur, mais cet ezrel a disparu, et j'espère qu'il réapparaitra. Je m'avançasse, mon sac commençait a pesé lourd je l'enlevasse, puis me nettoya le front. Je vis alors un chat s'avançait puis se faufilait entre le rebord d'une fenêtre coulé et le carreau en verre brisé. Je le vis entré et disparaitre. Je me présente à la fenêtre en vit une salle vide. Les panneaux de contrôle on était déposté. Je n'ai pas besoin de tous cela dis-je en tête, je me débrouillerais tout seul. Je sortis le dispositif et le déposa par terre. Je pris le disque dure entre mes mains, et il fallait le mettre dans le bâtiment, sans le cassé. Je le colle avec un bout de scotch au-dessus, un fil le traversant. Je lançais le fil passé derrière le tableau de console. Puis je déposais le plus délicatement possible le disque sur le sol du bâtiment, en faisant glissé ma main dans l'entrailles. Puis je tire sur le fil déjà pour mettre le disque en une petite hauteur, évitant le sillon sur la poussière, ensuite je déroulai le fil, le tirant vers moi avec ma main droite et retenant la tension avec ma main gauche, le disque glissa pour se caller devant la console, je le posai au sol. Je tire un bon coup sur le fil et le disque se détachât du scotch pour se caler entre la console et le mur. J'enleva le fil donc le disque se retrouva donc a plus de 7 m de la fenêtre. Je sortis un trousseau de scotch sur lequel il y'a des empreintes. J'ai obtenu et gardé les empreintes de TAVIKER sur une seringle qu'il avait manipulé en ma présence, je l'avais gardé entre un de mes aisselles sur mon pull, puis, une fois dans les toilettes de l'hôpital je le mis sur un sachet qui était avec le pain serait pour le repas, et le mit dans la réserve d'eau de la chasse. Puis repris et mit dans mon sac au moment de rentré. J'ai gardé des copies de l'empreintes par prélèvement avec un adhésif moins agressif, et je l'applique méthodiquement sur les jointures du dispositif, les serrant en même temps ?

l'empreinte pris forme avec l'action. Je réglé ainsi le dispositif et tend le fil qui devra être rompu pour le déclenché. Je l'enduis de craquer ile et de miel. Je fis le tour et vit un balcon non détruit, sur l'aile ouest. Je me débrouille pour y monter en empilant ce que j'arrive à trouver, c'est-à-dire quelques bouts de bois des briques par ci et par là, ainsi qu'un peu d'élan. Je vis alors une lucarne avec des barreau en fer d'armature. Avec le même système que le disque, je l'introduis avec cependant un carton en dessous ainsi que plus de scotch. Je mis quelques empreintes sur le rebord, de la lucarne. Puis je sautai de l'étage. A l'endroits ou je tombais, je mis un impact plus massif, puis, avec un bout de bois trouvé sur le feuillage d'à côté je mis du sang, d'un de mes contenant. Ce sang provient de quelques toilettes féminines, dont j'ai fait le tour. Je pris ainsi 6 échantillons différend pour y tachées quelques rubans d'interdictions, le dédale de certaines marches sur l'entrée, et sur quelques coins. Je m'empressé de prendre mon sac et couru du mieux que je pus. Au bout d'une demi-heure de trotte, je m'arrêtai pour boire de l'eau, puis me mit a marché. Je vis alors un camion de transport de marchandise. Je me cachais sur les hautes herbes, et m'agrippait derrière le camion. On fit une bonne heure route puis on arriva à un air de repos, celui d'où j'avais pris le chauffeur qui devait aller en Europe à chypre et s'y installé dès que son véhicule y sera déchargé, sa famille y vivant déjà.

Je me réveille sur mon lit, il est 19h, je mis mes cheveux derrière mes oreilles, ils étaient devenus trop long. Je sortis de ma chambre et vit ma mère dans la cuisine. La télé était éteinte, la radio coupée.

- Bonjour dis-je comment tu vas ?
- Ne me parle pas, tu as fait cela n'est-ce pas ? elle cuisiné et ne me regardât même pas.
- Tu as déjà la réponse.
- J'ai appelé la police, ils seront là d'un moment à l'autre.

Je m'arrêtai du coup. J'avais besoin de temps pour digérer l'information.

- Tu as fait quoi maman ?
- Cette personne n'est pas bien, mais ce n'est pas étant comme lui que la situation va se régler. Tu deviens de pire en pire, je me devais de faire quelques choses, que ce soit bien ou mal on verra ce que dieu en décidera. Elle avait une expression féroce sur le visage.

- D'accord, je vais me cachait une ou deux journées, le temps que l'enquête de la police avance assez et là je me rendrai.

Elle ferma le gaz, puis s'avançât dans sa chambre pour fermer la porte derrière elle.

Je sortis 2 minutes plus tard après m'être habillé puis m'avançât vers la foret, je m'installât a une quarantaine de minutes de marches puis dressa un campement sommaire, avec ce que j'avais mis dans mon sac. Je sortis alors mon téléphone pour regarder les éditions spéciales. Une journaliste commence à peine j'eu le temps de branché mes écouteurs :

- … l'explosion a retentit et le feu qui en a suivi a brulé plusieurs heures. Le bâtiment abandonné a toutefois brulé qu'au premier, le rez de chaussé étant assez préserver pour contenir les flammes, cet installation inconnus en majorité du public disposant de murs assez épais pour ralentir l'évolution des flammes. Les enquêteurs de la police nationale examinent les éléments présents sur les lieux, ainsi que les pistes qu'ils ont eues. Toutefois des questions se posent sur l'histoire de l'accusé dans l'affaire d'enlèvement, séquestration, coups et blessures, le docteur TAVIKER, qui a selon nos sources est le principal suspect sur cette affaire. Ou en est l'affaire, ou est le docteur, pourquoi n'est-il pas interrogé, est-il sur le territoire nationale, continue-t-il de faire de mauvaise choses, le chef de la police déclara je site « peu importe le fautif, le docteur TAVIKER, devait et doit répondre de ces actes présumés, c'est vrai que ce n'est pas normal qu'un procès soit en cour et que l'on soit pas en mesure de le localiser, ce n'est pas professionnel de notre part. » le suspect est selon certain source sortit du pays depuis longtemps. Nous vous reviendrons avec plus de précision dans nos prochaines éditions, le numéro vert ci-dessous est donné pour toutes précisions que vous pouvez donner à l'avancer de l'enquête.

Je sortis ma lunette astronomique de son étui, l'installât et commençait à regarder les astres. Le ciel est dégagé, et l'obscurité est quasi-totale, je changeais d'endroit pour essayer de trouver un lieu où la cime des arbres ne me barreraient pas. Un roc surélevé et plat fut mon choix. Je me mis à regarder les aspérités de la lune pour me mettre à l'aise avec ma lunette.

La mer de la tranquillité apparue sous mes yeux, je me mis à l'observé a zoomer un peu plus, la face A de la lune se présenté sur toute sa majesté à mes yeux. Et dire que la face B de la lune ne s'est jamais présentée à nos yeux ni à celle de nos contemporains, si ce n'était les sondes envoyées, nous n'aurions aucunes certitudes qu'il existe le même monde que la face A, même si ce monde est intéressant pour nous terrien, vivant de surcroit. Le mots certitude n'est pas de ce monde, il n'a pas de réalité avec notre monde. Existe-t-il ? je ne sais point, nous essayons de nous conforter avec ce mot, ayant un semblant de contrôle sur notre environnement, sur notre corps et notre devenir. Le contrôle donne un sentiment de sécurité, la sécurité est un maillon fort de la survie, la survie est l'objectif principale du vivant. Dans nos gènes, encodé au plus profonds de notre être, une essence que l'on appel survit. L'homme vit sur terre en essayant de toutes ses forces de survivre aux obstacles qui se dressent sur son chemin. La survie est un essence subtil inimitable, armant le vivant pour la rudesse de la vie. Face à tant de tournant et de variables il faut un semblant de maitrise, de contrôle pour que l'on puisse avoir assez de courage pour espérer et se projeté. En cherchant saturne et son anneau je me vit une étoile filante, je fis le vœu d'avoir oublié ce qui s'est passé avec mélanie, a notre rendez-vous.

Ce soir-là, je vins à pied jusqu'au pont et traversa la rive. Je m'entrepris a nettoyé un tronc d'arbre affaissé à la lisière de la foret, au bord du cour d'eau. La nuit était douce, et claire, la lune reflétant sur la rivière, sa cour coulissant comme un tapis de verre, le bruit de l'eau clapotant sur la rive de tant a autre, laissant un témoignage intemporel a l'existence de la vie nocturne. Mon téléphone vibra dans la poche de ma veste, je vis le numéro de mélanie s'affiché. Après 5 bonne minutes d'éguillonage je la vis arrivé. On s'assis sur le tronc, un hululement de chouette nous fit sur sursauter brièvement. On était tendu tous les deux, la douce soirée rendait audible nos moindres faits et gestes. J'observé l'eau de la rivière, enlevant ma veste, j'avais chaud à cause du stress. Soudain, mélanie posa sa tête sur mon épaule gauche. Les mains commençaient a tremblé, le stress accentuant mon inconfort. Elle joignit mes deux mains, puis les serra des siennes, pour arrêter mes tremblements. La brise d'été faisait voleter de tant a tant ses cheveux. Ce silence, ce noir, cette clarté, cet état était surnaturel. J'entendais presque nos cœurs battre, notre présence était la seule chose importante dans ce monde, en ce moment. On voulait parler, mais tout ce que l'on dirait briserait cet équilibre fragile.

- Tu me plais beaucoup dis-je en ponctuant du mieux que je peux
- On s'attire, d'une façon difficilement explicable dis t'elle, après une pose de 15 secondes. Et cela me fait peur.

- Pourquoi as-tu peur ? de quoi a tu peur ?
- Ta réponse est dans ta deuxième interrogation.
- Développe soufflai-je
- Cette osmose, se forme que sur un manque, une perturbation. Nos liens sont
  si forts et si soudaine que je suis sûre que l'on se ressemble au fond.

Elle détachât sa tête de mon épaule et me fixa. Tu es donc aussi perturbé que
moi. Ou plus, dit-elle en serrant plus mes mains.

- Tu me cache quelques choses dis-je.

Elle enleva ses mains des miennes, une larme perla sur un de ses yeux, elle avait
l'air désespéré. Son regard était plein de tristesse, son visage plié en quatre. Ses
pommettes était toute rouge, elle était sur le coup de fondre en larme.

- Mais que ce passe t'il dis-je en essayant de saisir sa main mais elle dis-je geste
  pour m'empêcher de l'attraper.
- Je sais qui tu es, et tu dois savoir qui je suis dit-elle en détournant le regard.
  Elle se mis a fixé la rivière de nouveau.
- Prend ton temps dis-je.

Au bout d'un trentaine de seconde, elle prit un profond souffle puis dis

- Je m'appelé Mélanie TAVIKER, Mélanie Younouss TAVIKER.

Chapitre 7 : Ame perdu, Ame sœur

La lueur du matin illumina progressivement ma tente, me réveillant doucement. Un de mes rares qualités est que j'ai le sommeil facile, et très léger. En dormant je suis au courant de ce qui se passe autour de moi, comme si tous mon cerveau n'était pas endormi en même temps. Je l'ai pris de mon grand-père paternel, d'après mon père. Lui, ayant fait la guerre, avait réellement trouvé l'utilité de cette capacité. Moi, cela ne me sert qu'à savoir qui as éteint les lumières nuit tombée ou quel robinet on a oublié de fermés. Ce matin, il me permit de sentir la lueur du soleil naissant, la caresse de celle-ci contre ma joie droite. Je me levasse, mit mes cheveux derrière mes oreilles, me frottant ma main gauche endolorie à cause de ma position de couche. Quinze minutes plus tard j'étais entrain de faire une trotte, mon sac à mon dos, un de mes écouteurs à mes oreilles traquant les informations.

Au lever du jour, je me retrouve ainsi devant le poste de police, après un petit détour à la chaine de radio local. J'entrais d'un pas ferme et me m'identifiât. Je subis ainsi 5 heures d'interrogations de toutes sortes, essayant de me lier à ce qui s'est passé, recoupant les informations au dire de ma mère. Elle était présente, assise la tête scrutant ses chevilles. On rentrât ensemble, en silence et à pied. Elle me fit à diner puis bu un verre d'eau, m'observant manger doucement. Elle se levât d'un coup, puis allât dans sa chambre en fermant la porte derrière elle. On n'avait mots dis depuis la veille. Je me mis devant la télé et entendit la journaliste énuméré le disque dure avec les éléments que j'avais mis dedans, les mêmes informations laissées sur le disque de la base. Les recherches de TAVIKER ainsi que les moyens qu'il a usés pour le faire, l'impunité de son cas, sa nouvelle vie aux états unis en tant que professeur d'université et chercheur, sa nouvelle identité et le maquillage médiatique effectué. Une télévision russe, nationale, a reçu un colis contenant un clone de ce disque dure, ils ont investigué de leur côté et on même retrouvé la trace de ma sœur qui témoigna, son mari à ses côtés, il faut croire que ces simples journalistes ont bénéficiaient de moyens assez conséquents pour démanteler le subterfuge de leur vieux ennemie, preuve à l'appui.

-   J'ai compris ton subterfuge me disait l'agent de police turc, je suis avec toi, au plus profond de mon âme, mais je n'ai pas aimé du tous la manière.

Pour chasser un prédateur, il faut se comporter comme sa proie pour l'approcher, puis être plus féroce que lui quand on l'attaque. J'avais détruit l'image de mélanie et de sa mère, au passage, faisant d'elles de nouvelles victimes. Je me sentais plus mal qu'avant mes agissements.

Les informations concernant notre épopée avec TAVIKER circulaient sur plusieurs plateau télé, des « experts » de tous sortes faisant des allocutions matin midi et soirs. Des médias faisaient le pied de grue devant « chez nous », ce « chez nous » allez nous être réquisitionné, pour raison logistique. Dans 3 semaines nous devrons quitter le domicile, ce qui n'empêchai pas ma mère de jardiner.

10 jours plus tard, je me retrouvé devant une planche d'un bâtiment, crayon à la main, pied sur élevé sur le cadre de la fenêtre, fesse sur la chaise. J'aimé bien dessiné, quand je m'enuillé. J'étais très perdu, je faisais régulièrement objet de convocations et d'appel incongrue. Sans compter qu'avec ma nouvelle réputation me condamnais chez moi. Je finis le tracé du bâtiment, me levais péniblement, remis mes cheveux derrière mes oreilles pour dégager ma vue. Grandissant toujours, mes pantalons semblai retraissir de jours en jours. Je me levais puis entendit la journaliste du JT de 13 H dire : « ce sont donc les déclarations du professeur TAVIKER ». Aussi étrange que cela puisse paraitre, je m'en souciât le moins du monde. Cette personne est mauvaise, mais est protégé par des personnes très puissantes. Je ne peux pas blesser des personnes innocentes pour essayer de régler une horloge sans aiguille. La réalité est que j'essayé de me venger, mais a pas que je faisais je ne me sentais pas apaisé, je sentais le trou auquel je me tenais debout s'élargir dangereusement vers moi, et ce trou, béant ressemblé de plus en plus à un gouffre. Ce trou, me rapproché de gens comme TAVIKER, au lieu de résoudre mon inconfort. TAVIKER est le méchant de l'histoire, mais je ne suis plus le gentil. Ma mère m'en voulait précisément pour cela : « cet homme t'a fait du mal, mais tu te fais toi même plus de mal, en devenant quelqu'un que tu n'es pas. » cette phrase tourné constamment dans ma tête.

Mélanie habite dans ma poitrine, le jour, puis passe ses nuits dans ma tête et le matin, dès mon réveil, elle se balade sous mes paupières, de mes premiers regards, agars. Je suis en totale perdition, le mots oxymore étant la définition de mes émotions actuelles. Je sortis me balader, ce soir-là. Ma mère me donnât un baisé sur le front, une première depuis des mois. Je marche sans but, regardant de temps à autre le ciel dégagé, les étoiles, nous pourvoyant un témoignage de leur existence, à travers leur faisceau lumineux. Je m'assis sur l'herbe, sur une petite prairie puis me coucha, la tête dans les étoiles. Puis je vis un visage se tenir au-dessus de moi, celle de mélanie. Mon cœur fit un saut dans ma poitrine, puis je fis paralyser par la surprise et puis par la peur. C'était la première fois de ma vie que j'étais paralysé par la peur, je suis plutôt du genre à réagir. Mélanie me regardât une dizaine de seconde, puis s'assis à côté de moi, puis se coucha à côté de moi. Elle prit ma main gauche, collé à mon corps le leva et se blottit contre mon flanc gauche. Ses cheveux sentaient le mouillé.

- Sa vas dit elle
- Oui, maintenant. Je suis dé… Elle me coupa
- Ça te va bien les cheveux longs, on dirait une rock star.
- Merci

Elle mit sa tête sur ma poitrine. Je sentis ses larmes humidifiées mon t-shirt. Son souffle était régulier, j'eu la chair de poule. Elle attrapa ma main droite lui donna un bisou, et le laissa sous ses lèvres.

- J'ai mal fini t'elle par dire. Je suis perdu, quoi que je fasse, je ne peux dissocie des choses et d'autres qui n'ont pourtant rien à voir, dans le seul but de me perdre et de me sentir le plus mal possible encore et encore.
- Ça ira t'inquiète pas
- Comment tu fais ?
- Je fais quoi ?
- Comment tu arrives à tenir en étant si calme
- Je suis loin, très loin d'être un modèle, ni un conseil ne serait-ce crédible. Je parais calme, mais je suis énormément confus.

On s'assit puis ont continué de discuter. Ont parlé à cœur ouvert, en discuté de choses que l'on ressentait. Chaque individu est plus ou moins perdu dans cette vie. Je me suis perdu, dans cette vie, parmi ces nombreux chemins. Elle me pense fort mais je suis le plus faible, de cette prairie. Elle me prend pour un soldat, ais chaque soldat un à être, qui le sauve quand il traverse le désert et qu'il ait besoin d'un souffle d'espoir pour résister et continué d'avancer. Chaque soldat, de cette vie a besoin de son héros ou héroïne. Cette personne qui le sauve en un sourire, en un bras effleuré, en cils enlevé de sous son œil, en un souvenir lointain. Je su à ce moment qu'il me fallait un objectif de vie, pas de mort. Il me fallait une rosée qui rafraichisse à vie, me donnât la force d'affronté les rayons du soleil, me donnât la capacité de profité de son énergie, et non de pleuré ces degrés.

- Je suis très faible Mélanie, je ne prends aucun risque. Je veux être fort, en enlevant une partie de mon cœur et en t'y plaçant, je veux risquer, comme les gens fort, je veux être inconfortable 1 min et heureux 1h, je veux que tes rayons éclairent le tableau que je peint depuis ma naissance.
- Mon père sera un grand obstacle à notre histoire.
- Nous sommes assez fort pour combattre cet obstacle autant de fois qu'il ne faudra. Le mal, la haine est un sentiment faible, je ne veux plus être faible Mélanie.
- Alors soyons fort dis t'elle, le regard fixant désormais mon visage.

Nous nous battîmes le restant de notre vie, nos vies étant lié définitivement un après-midi pluvieux de novembre, 4 ans plus tard. Le terreau de notre vie était certes pollué, mais nous prirent le temps de le jardiner, avec amour et passion, pour y laisser fleurir une force et un amour inconditionnelle. Plus tard c'est des jumeaux, très joueurs, qui virent se liés à cette source et renforcer cette plante, planté il y'a des années, avec l'aide de ma maman qui a su retrouver puis indiqué à sa future belle fille où se trouvé l'âme perdu de son fils, quelque sur une clairière.

FIN